Fabian Lenk

1000 GEFAHREN
DU ENTSCHEIDEST SELBST!

Das Laserschwert der 1000 Gefahren

Mit Illustrationen
von Stefani Kampmann

Ravensburger Buchverlag

MIX
Papier aus verantwortungsvollen Quellen
FSC® C114500
www.fsc.org

Als Ravensburger Taschenbuch
Band 52598
erschienen 2018

Umschlag- und Innenillustrationen: Stefani Kampmann
Lektorat: Andreas Rode

Printed in Germany

1 2 3 4 5 E D C B A

ISBN 978-3-473-52598-0

www.ravensburger.de

Warnung!

Lies dieses Buch nicht in einem Zug von vorne bis hinten durch. Es enthält verschiedene Abenteuer, die du als Besitzer des magischen Laserschwerts erleben kannst – in der Gegenwart genauso wie im japanischen Mittelalter. Aber sei vorsichtig, denn überall lauern Gefahren: Dein Abenteuer führt dich in die Schlupfwinkel zwielichtiger Ganoven, auf die Schlachtfelder längst vergangener Zeiten und in die Höhle eines mächtigen Drachen. Und stets versucht jemand, dein kostbares Laserschwert an sich zu bringen und für seine eigenen Zwecke zu nutzen: Nicht nur vor scheinbar freundlichen Nachbarn und Besuchern musst du dich in Acht nehmen, sondern auch vor skrupellosen Ganoven, machtgierigen Fürsten und unbarmherzigen Samuraikriegern.
Überleg also gut, wem du Vertrauen schenkst. Denk nach, bevor du dich entscheidest. Wenn du einen Fehler machst, gibt es kein Zurück! Dein Überleben hängt von deinem schnellen und guten Urteilsvermögen ab.

Viel Glück!

„Na, macht das Spaß?"
Sehr lustig! Du setzt die Bücherkiste ab, die du gerade ins Haus schleppen sollst. Das Ding wiegt mindestens fünfzig Kilo.
Ein Mädchen in deinem Alter lümmelt an dem Mäuerchen herum, das dein neues Zuhause umschließt. Sie hat ein blasses, hohlwangiges Gesicht, eng zusammenliegende pechschwarze Augen und dunkle Haare, die ihr bis auf die Schultern fallen.
„Wer bist du?", fragst du.
„Violetta", antwortet sie und deutet mit dem Daumen über die Schultern. „Ich wohne nebenan."
Aha, denkst du, die neue Nachbarin. Deine Eltern hatten die glorreiche Idee, einen Landsitz zu kaufen, der gerade zwangsversteigert wurde. Das abgelegene Anwesen gehörte früher einem Japaner namens Watanabe, der ziemlich viele Macken gehabt haben soll, wie man hört. Er starb völlig überraschend und hinterließ einen Berg Schulden. Um diese Schulden zu begleichen, waren die Erben gezwungen, das verwinkelte Anwesen zu versteigern. Deine Eltern schlugen zu, und du ziehst nun mit ihnen in die Einöde. Ihr habt zwar ein Umzugsteam angeheuert, aber du sollst trotzdem mit anpacken. *Na, macht das Spaß?* Und jetzt macht sich diese Violetta auch noch über dich lustig. Fantastisch ...
„Und du? Wie heißt du?", will sie jetzt wissen.
Du wischst dir den Schweiß von der Stirn. „Sam", sagst du. „Willst du mir helfen?"

Lies weiter auf Seite 116

8

Nein, so nicht! Du bist so wütend und so entschlossen. Und diese Wut macht dich stark, verdammt stark!
Du springst auf die Füße und gehst zur Gegenattacke über. Deine Schwerthiebe prasseln auf Watanabe nieder. Der Einbrecher ist für einen Moment völlig überrascht, kann aber mit einiger Mühe deine Schläge parieren und fängt sich dann wieder.
Was für eine Schlacht mit den Laserschwertern! Um euch herum geht alles zu Bruch.

Nach Atem ringend umkreist ihr euch schließlich. Jeder wartet auf einen Fehler des anderen. Du überlegst fieberhaft: Wie kannst du den Mistkerl besiegen? Dein Blick irrt durch den Raum. Über Watanabe hängt eine Lampe … Das ist es!
Du springst nach oben und durchtrennst das Kabel und die Halterung der Hängelampe.
Sie kracht ihm vor die Füße, Splitter fliegen. Er weicht zurück und gerät ins Stolpern. Nun kannst du ihm die Waffe aus der Hand schlagen!
Jetzt hast du beide Laserschwerter. Und Watanabe? Der hat keine Chance mehr!
Du rufst die Polizei, die den Einbrecher verhaftet.
Die Schwerter verbirgst du in ihrem Kasten und bewachst sie künftig wie einen Schatz!

Ende

Während ihr die Kiste ins Wohnzimmer schleppt, sagst du zu Violetta: „Ich glaube, du guckst zu viele Horrorfilme."
„Wieso? Weil ich dir die Wahrheit über dieses Haus sage?", erwidert sie und lacht. „Du wirst schon sehen. Manchmal sind nachts Schreie zu hören. Aus dem Keller, weißt du? Dann flackern Lichter hinter den Fenstern. Und einmal flog die Haustür auf, als ich an dem Kasten vorbeiging. Aber Herr Watanabe war gar nicht da … Deshalb habe ich mich natürlich gefragt, wer die Tür aufgemacht hat."
Unwillkürlich läuft dir ein Schauer über den Rücken. Doch du lässt dir nichts anmerken.
„Komm, noch eine Kiste", schlägst du vor.
„Okay", sagt Violetta nur.
Auf dem nächsten Umzugskarton den ihr aus dem Möbelauto holt, steht groß „Keller – Inhalt: Weihnachtsdekoration". Während ihr ihn hinuntertragt, erzählt Violetta dir, dass sie ganz allein im Nachbarhaus lebt.

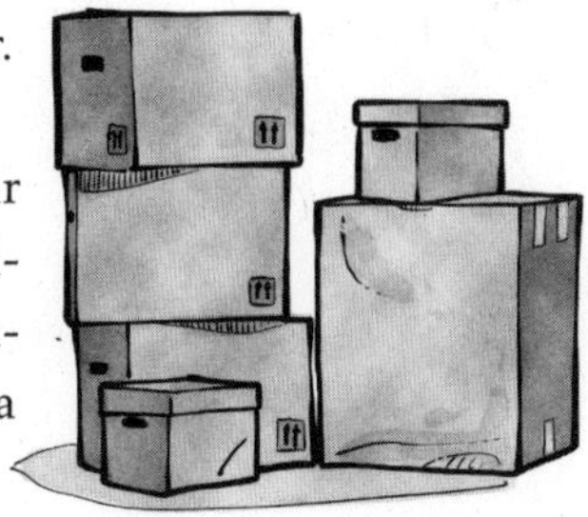

Wirklich ungewöhnlich, denkst du, aber sicher auch cool.
„Wo sind denn deine Eltern?", fragst du sie.
Wieder wirft sie dir einen Blick zu und du erschauderst einmal mehr. Violetta ist wirklich sehr, sehr blass. So blass wie ein Leichentuch, findest du.
„Meine Eltern?", wiederholt sie. „Sie sind … fort."
Du willst dieses Thema lieber nicht vertiefen.
Über eine staubige Treppe gelangt ihr in den Keller. Im Gang hängt eine nackte Glühbirne. Rechts und links sind Türen, die zu Lagerräumen führen.

Lies weiter auf Seite 10

Deine Mutter hat dir gesagt, dass diese Kiste in den Kellerraum hinten links soll. Auch hier spendet eine Glühbirne Licht. Als ihr die Kiste mit der Weihnachtsdeko in ein Regal verfrachtet, das vermutlich noch vom Vorbesitzer stammt, erkennst du, dass dieses Regal eine weitere Tür verdeckt. Du kannst gerade so die Ecke des Rahmens erkennen.
Seltsam, denkst du. Deine Neugier ist geweckt. Das Regal ist nicht an die Wand gedübelt, stellst du fest. Es lässt sich zur Seite schieben.
Violetta hilft dir dabei, und nun steht ihr vor einer lackschwarzen Tür, auf der blutrote Schriftzeichen prangen. Was ist nur hinter dieser Tür verborgen?
Du drückst die Klinke. Zu deiner Überraschung lässt sich die Tür öffnen. Du tastest nach einem Lichtschalter, findest und drückst ihn.
Grelles Licht flackert auf und du staunst: Ihr befindet euch in einer geheimen Werkstatt mit Arbeitstischen, einer großen Truhe, unzähligen Hämmern und Zangen sowie einer Esse samt Abzug! Überall hängen wunderschöne und extrem scharfe Samuraischwerter: längere Katanas, aber auch kürzere Ninjatos.
„Wow“, sagst du. „Herr Watanabe muss wohl ein wahrer Meister im Schmieden von Samuraiwaffen gewesen sein.“
„Ja“, flüstert Violetta. „Aber warum fertigte er diese Waffen hier im Verborgenen, warum arbeitete er heimlich?“

Lies weiter auf Seite 12

桜

Darauf hast du natürlich auch keine Antwort …
Und da folgt auch schon die nächste Überraschung: Aus der großen Truhe dringt ein geisterhaftes Licht. Als ihr euch nähert, scheint etwas gegen den Deckel zu klopfen! Es will da raus!
Panik greift nach dir. Was ist da drin?
„Komm, wir schauen mal nach“, drängt Violetta.

Wenn du die Truhe nicht gemeinsam mit Violetta öffnen willst, weil du sie noch nicht gut genug kennst, lies weiter auf Seite **14**

Wenn du die Truhe gemeinsam mit Violetta öffnest, lies weiter auf Seite **91**

Du hetzt zu der Truhe und reißt die Waffen heraus. Die Schätze dicht an dich gepresst willst du aus dem Keller flüchten.
Doch oben am Treppenabsatz wirst du schon erwartet.
„Nett von dir, dass du mir genau das bringst, was ich gesucht habe“, ruft Watanabe junior. Er lacht und richtet seine Pistole auf dich. Dann drückt er mehrfach ab.
Reflexartig kreuzt du die Klingen der Laserschwerter vor deiner Brust – und die Kugeln prallen ab!
Wieder schießt der Kerl, doch es macht nur klick-klick-klick. Offenbar ist das Magazin leer!
Watanabe junior flieht.

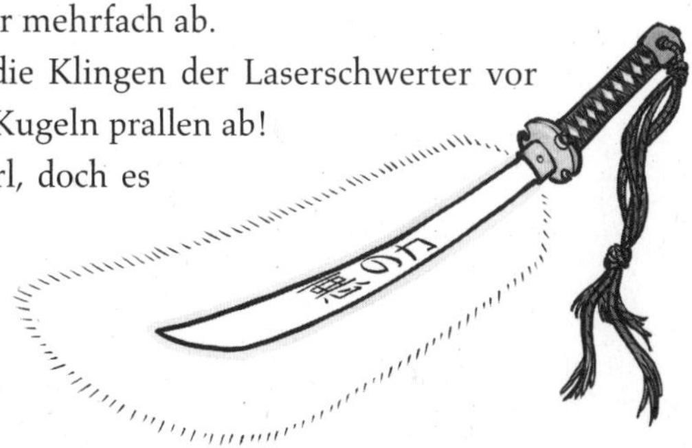

Wenn du die Verfolgung lieber der Polizei überlässt, lies weiter auf Seite 30

Wenn du selbst die Verfolgung aufnimmst, lies weiter auf Seite 37

„Nein, das gehört uns nicht“, sagst du und ergänzt, dass du Achtung vor dem Eigentum des verstorbenen Vorbesitzers des Hauses hast.

Das ist natürlich eine glatte Lüge, denn in Wirklichkeit willst du die Truhe nur ganz allein öffnen! Ohne diese seltsame Violetta!

Du drängst sie aus der geheimen Werkstatt von Herrn Watanabe und sagst ihr, dass ihre Hilfe nicht mehr nötig ist. Nachdem du dich ganz lieb bei Violetta bedankt hast, komplimentierst du sie aus deinem neuen Zuhause.

Puh, am liebsten würdest du sofort noch mal in die Werkstatt rennen und die geheimnisvolle Truhe öffnen! Doch deine Eltern brauchen dich, sie erwarten, dass du beim Umzug hilfst.

Wenn du deine Eltern ignorierst und sofort wieder in die Werkstatt gehst, lies weiter auf Seite 17

Wenn du wartest, bis der Umzug erledigt ist, lies weiter auf Seite 73

„Das … das tut uns nicht gut“, sagst du etwas vage. „Wir lassen die Schwerter dort, wo sie sind.“
„Ja, das wird das Beste sein“, meint auch Violetta.
„Sag niemandem etwas davon, versprichst du mir das?“, fragst du.
Sie nickt.
Du schließt den Deckel und verlässt mit Violetta die geheime Werkstatt. Dann schiebt ihr das Regal vor die Tür und schwört beide noch einmal hoch und heilig, niemandem etwas von eurer Entdeckung zu erzählen.

Zwei Wochen sind seitdem vergangen. Der Umzug hat super geklappt und du beginnst dich in dem Haus schon ein wenig wohlzufühlen. Violetta hast du mehrfach in der Schule gesehen.
Dann verabschieden sich deine Eltern für einen viertägigen Kurzurlaub. Wellness ist angesagt. Du kannst nicht mit, weil du in die Schule musst. Aber das ist nicht weiter schlimm, denn mit Wellness kannst du nichts anfangen. Und ein paar Tage sturmfreie Bude zu haben, das ist doch super!
Am ersten Abend klingelt das Telefon, das im Wohnzimmer steht.
Hm, die Handynummer, die auf dem Display aufleuchtet, kennst du nicht …
Dennoch meldest du dich.

Lies weiter auf Seite **19**

16

Ihr reißt euch zusammen, verdrängt die Angst. Schließlich könnt ihr das Tor aufbrechen! Die Schwerter gezückt prescht ihr voran. Takeshis Leute wehren sich verzweifelt. Aber hinter dem Wagen mit dem Rammbock stürmen weitere Krieger nach. Ihr seid nicht mehr aufzuhalten und drängt die Feinde zurück.

Nach zwei Stunden harten Kampfes habt ihr die Burg eingenommen. Takeshi ergibt sich und befiehlt seinen Männern, ebenfalls die Waffen zu strecken.

Muto zeigt sich großzügig und lässt Takeshi und seine Männer am Leben. Aber die Burg gibt er zur Plünderung frei. Das ist eure Chance! Ihr sucht und findet die Laserschwerter und schleicht euch im allgemeinen Durcheinander nach draußen vor die qualmende Festung.

„Ich möchte so gerne nach Hause", sagt Violetta. „Nur: Wie soll uns das gelingen?"

Du denkst einen Moment nach – und hast plötzlich eine Idee: „Als wir bei mir daheim die Schwerter kreuzten, gelangten wir in die Vergangenheit. Vielleicht gelingt uns so auch der Weg zurück …"

Ihr probiert es einfach aus – und zack: Ihr seid wieder im Keller deines Hauses. Irre!

Lächelnd legt ihr die Schwerter an ihren alten Platz und schwört euch, sie nie wieder anzufassen!

Ende

Blablabla, es gibt jetzt Wichtigeres, liebe Eltern, denkst du dir und pirschst zurück in den Keller.
Du atmest einmal tief durch, packst den Deckel, drückst ihn hoch und …
O mein Gott! Zwei wunderschöne Laserschwerter liegen dort auf blutrotem Samt! Sie sind wie Samuraischwerter leicht gebogen. Du kannst gar nicht anders: Schon hast du eine der herrlichen Waffen aus der Truhe genommen. Du lässt das Lichtschwert durch die Luft sausen. Die elegante Waffe liegt perfekt in deinen Händen, als hätte Meister Watanabe sie nur für dich geschmiedet! Zum Spaß lässt du die Waffe auf einen eisernen Schraubstock niedersausen. Mühelos halbierst du das Ding – irre! Du ahnst, dass du dank der Waffe sehr mächtig bist. Nichts kann dich mehr aufhalten!

Und du fühlst noch etwas anderes: Vom Griff des Laserschwerts fließt eine enorme Energie in deinen Körper.
Doch diese Energie ist nicht positiv – du spürst plötzlich starke Aggressionen: Du willst kämpfen, erobern, rauben. Du spielst mit dem Gedanken, diese Waffen einzusetzen, um Überfälle zu begehen. Mit den Schwertern ist kein Tresor mehr vor dir sicher, weil der Laser jeden Stahlwürfel aufschneiden kann. Dank der Waffen könntest du unendlich reich werden …

Wenn du glaubst, die Laserschwerter beherrschen zu können, lies weiter auf Seite 24

Wenn du die gefährlichen Schwerter wegschließt und sie nie wieder anfasst, lies weiter auf Seite 113

Der Drache zeigt dir dein neues Reich: eine Höhlenwelt, die von Fackeln erhellt wird, die er mit seinem Feueratem zum Brennen bringt. Tief im Inneren des Berges gibt es zudem eine Diamantenmine, in der fleißige Zwerge Unmengen an funkelnden Edelsteinen fördern.

„Das alles gehört nun auch dir", sagt der Drache.

„Aber was soll ich mit dem Reichtum?", fragst du ihn. „Was habe ich davon, wenn ich nichts ausgeben kann?"

Der Drache schüttelt seinen riesigen Kopf. „Doch, natürlich kannst du das. Nachts darfst du die Höhlen verlassen. Aber kehre rechtzeitig zurück, hüte dich vor dem Sonnenlicht!"

Na klar, wie dumm von dir, dass du darauf nicht selbst gekommen bist!, durchfährt es dich.

Noch in derselben Nacht stapfst du mit deinem Laserschwert und drei großen Diamanten zur nächsten Stadt und lässt dort die Puppen tanzen. Du kannst dir alles leisten, alles erlauben. Die Nacht gehört dir! Schade nur, dass irgendwann der Morgen graut. Missmutig denkst du an die Worte des Drachen.

Stimmt das überhaupt, kann dir das Sonnenlicht wirklich etwas anhaben? Oder hat der Drache das nur erzählt, weil er nicht mehr allein sein will?

Wenn du rasch zum Drachen zurückkehrst, lies weiter auf Seite 31

Wenn du es darauf ankommen lässt, lies weiter auf Seite 78

„Hallo", sagt ein Mann. „Ich bin einer der Söhne von Herrn Watanabe. Sind deine Eltern zu sprechen?"
„Nein, sie sind im Urlaub", antwortest du.
Aber woher weiß der Typ, dass du der Sohn bist? Du schaust aus dem Fenster. Dort steht ein Mann, der in deine Richtung starrt. Er hat ein Handy am Ohr. Hat dich der Kerl die ganze Zeit beobachtet?
„Ach, du bist also ganz allein?", sagt der Anrufer. „Das ist interessant ..."
Dich beschleicht ein mulmiges Gefühl. „Was wollen Sie?"
„Ich habe im Nachlass meines Vaters einen Brief gefunden. Darin steht, dass etwas, was im Keller verborgen ist, mir gehört."
Garantiert meint der Kerl die Laserschwerter!, durchfährt es dich.
„Ach ja? Das kann ja jeder sagen", antwortest du. „Außerdem wurde das Haus an meine Eltern verkauft – und zwar samt Keller und allem, was darin ist."
„Aber mein Vater wollte, dass ich es bekomme! Ich bin ganz in deiner Nähe und kann es schnell abholen. Okay?", fragt der Typ und ergänzt versöhnlich: „Komm, mach keinen Ärger. Ich gebe dir auch hundert Euro. Lass mich ins Haus!"

Wenn du dich auf das Angebot einlässt,
lies weiter auf Seite **27**

Wenn du dich weigerst,
lies weiter auf Seite **58**

20

„Wie willst du gegen sie kämpfen?", fragst du den Geist. „Mit welchen Waffen?"
Der Geist lächelt weise. „Waffen? Die habe ich nicht nötig. Vertraue mir und komm!"
Mit einem mulmigen Gefühl folgst du dem Geist. Er führt dich in seine alte Werkstatt – und genau dort ist auch Violetta. Sie sucht dich noch immer.
„Ja, wen haben wir denn da? Meinen diebischen Nachbarn und …" Sie wird plötzlich nervös. „… einen Geist? Egal, ich werde euch beide erledigen!"
Du presst dich an die Wand, doch Watanabes Geist macht sogar einen Schritt auf Violetta zu. Schon schlägt sie mit den Laserschwertern auf ihn ein. Und was macht der Geist?
Der schließt die Augen! Unfassbar. Dennoch kann er den Hieben elegant ausweichen. Dann macht er einen Salto und landet hinter Violetta. Bevor sie herumwirbeln kann, hat der Geist ihr einen Tritt versetzt. Sie prallt neben dir gegen die Wand und wird bewusstlos.
„Tja, so macht man das", meint der Geist und öffnet die Augen. „Meine Stärke ist die Konzentration."
Er hebt die Schwerter auf und drückt sie dir in die Hände. „Lege sie zurück in die Truhe und sorge dafür, dass niemand sie jemals wieder dort herausholt. Sie bringen nur Unglück."
Das versprichst du. Dann verblasst der Geist. Selbstverständlich hältst du dich an dein Versprechen.
Und Violetta? Mit der sprichst du nie wieder ein Wort.

Ende

Ihr werft euch auf den Shogun. Doch Muto reagiert blitzschnell, kann sein Schwert ziehen und euch mit seinen beiden Leibwächtern zumindest für einen Moment abwehren. Sie rufen um Hilfe, weitere Krieger stürzen hinzu und helfen ihrem Shogun.
Ihr habt zwar mit den Laserschwertern die weitaus besseren Waffen, doch es sind einfach viel zu viele Gegner – und du weißt: Ihr habt die falsche Strategie gewählt und jetzt kommt euer

Ende

„Die sollen nur kommen!“, flüsterst du Violetta zu. Die Hände fest an den Griffen der Laserschwerter, wartet ihr auf die Reiter.
Jetzt haben sie euch erreicht. Sie sind alle gleich gekleidet: knielange Hose, mit Metallspangen besetzte Bein- und Armschienen, eine gespaltene Lederschürze als Schutz für die Oberschenkel und dunkelbraune Lederhandschuhe. Der Oberkörper wird von einer kurzen Jacke aus zusammengeknüpften Stahlplättchen und breiten, beweglichen Schulterklappen, die an Flügel erinnern, geschützt. Vor dem Gesicht hat jeder Reiter eine abstoßende, grell bemalte Ledermaske.
Der Anführer schnauzt euch an: „Gebt uns eure Waffen, dann lassen wir euch laufen.“
„Nein!“
Da gibt der Anführer seinen Männern ein Zeichen. Sie greifen euch mit ihren Schwertern – den Katanas – an! Doch ihre Waffen sind nichts im Vergleich zu euren Laserschwertern. Du schlägst die Klingen der Feinde reihenweise in Stücke! Aus den Augenwinkeln siehst du, dass sich Violetta nicht minder geschickt anstellt. Mit euren Superwaffen schlagt ihr die Gegner locker in die Flucht.
„Das war echt krass!“, sagst du zu Violetta. Dann lauft ihr zu der Burg auf dem Berg. Der Weg ist weiter als gedacht. Als ihr eine kurze Rast macht, fällt dir auf, dass im Griff deines Schwertes ein Scharnier ist. Du öffnest es und stellst fest, dass jemand eine Karte in dem Griff versteckt hat. Darauf ist ein bestimmter Punkt eingezeichnet … ist das etwa eine Schatzkarte?

Wenn du den Schatz suchst, lies weiter auf Seite 49

Wenn du weiter zu Burg willst, lies weiter auf Seite 104

Du bist ein selbstbewusster und cooler Typ. Dir sagt keiner, wo es langgeht.
Okay, manchmal deine Eltern, aber das ist
a) die Ausnahme und kommt
b) nur gaaaaaaanz selten vor.
Also: Du wirst es nicht zulassen, dass diese Schwerter dich kontrollieren. Du bist es, der sagt, wo's langgeht.

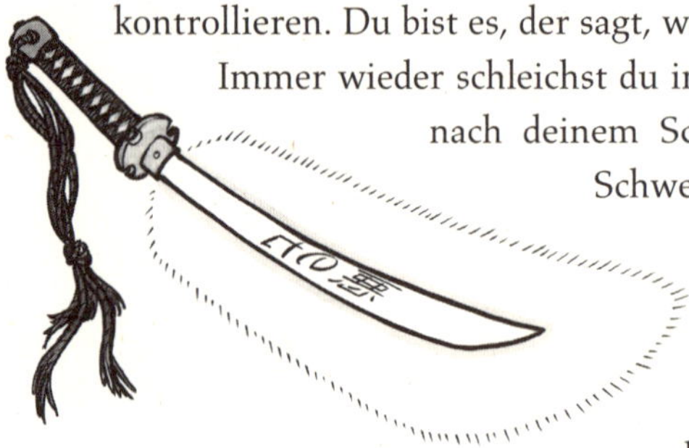

Immer wieder schleichst du in den Keller und schaust nach deinem Schatz. Wie gut sich die Schwerter anfühlen, wie leicht und doch stabil sie sind! Eines Nachts sitzt du mit der Waffe in der Hand im Keller. Eine merkwürdige Unruhe erfasst dich. Warum hockst du hier in diesem dunklen Loch? Warum gehst du nicht raus? Warum zeigst du dich nicht mit deinem Schatz? Ohne das Laserschwert bist du ein ganz normaler Jugendlicher, aber mit ihm bist du etwas ganz Besonderes …

Wenn du den Keller mit den Schwertern verlässt, lies weiter auf Seite 32

Wenn du die Schwerter im Keller lässt, lies weiter auf Seite 107

Schon bist du in dem fremden Haus, schon liegt das Schwert in deinen Händen. Wow, ist das cool! Die Klinge aus Licht ist wie bei einem Samuraischwert, einem Katana, leicht gebogen und schimmert geheimnisvoll. Aus dem Griff scheint eine regelrechte Magie in deinen Körper zu strömen – du fühlst dich fantastisch, unschlagbar, unendlich mächtig!
„He, was soll das werden?“, erklingt eine Stimme hinter dir. Du drehst dich um und siehst Violetta. Und was hat sie in ihren Händen? Ein Laserschwert!
„Da staunst du, was? Du mieser Einbrecher“, giftet Violetta dich an. In der Truhe waren offenbar *zwei* Schwerter, und eines davon hat immer noch Violetta …
Zack, Violetta schlägt dir deine Waffe aus der Hand, bückt sich blitzschnell und hat nun beide Schwerter!
Verdammt, wie konntest du dich nur so überrumpeln lassen! Dir bleibt nichts anderes übrig, als zu fliehen. Du springst durch das Fenster und rennst auf dein neues Zuhause zu. Doch Violetta verfolgt dich! Sie will dich offenbar ganz ausschalten!

Wenn du dich im Keller versteckst,
lies weiter auf Seite **34**

Wenn du lieber nicht ins Haus rennst,
lies weiter auf Seite **42**

Doch das Loch wird urplötzlich kleiner und kleiner – und als du es erreichst, ist es nicht größer als eine Münze …
Du schießt herum und siehst den Drachen auf dich zukommen.

„Ts-ts", macht er. „Wo willst du denn hin?"
Irre, der Drache kann sprechen! In welchem Film bist du hier nur gelandet?
„Äh, nirgendwohin", stammelst du.
„Und was willst du hier?", fragt der Drache, während seine glutroten Augen auf dir ruhen.
Nun erzählst du von der Karte, die du gefunden hast.
Der Drache legt sich hin und rollt mit den Augen. „Immer diese Gier", sagt er.
„Gibt es hier denn überhaupt einen Schatz?", willst du wissen.
„Ja", erwidert das geflügelte Tier. „Es handelt sich um einen Trank, der dich unsterblich macht!"
„Kann ich ihn haben?", fragst du sofort begierig.
„Von mir aus. Der Trank hat aber eine Nebenwirkung – und die werde ich dir nicht verraten", erwidert der Drache.

Wenn du den Trank dennoch haben willst, lies weiter auf Seite 81

Wenn du lieber auf den Trank verzichtest, lies weiter auf Seite 92

Hundert Euro – das ist doch nicht schlecht, oder? Außerdem hat der Typ ja schon irgendwie recht, wenn er sagt, dass man den letzten Willen eines Menschen achten muss.
Also lässt du Watanabe junior ins Haus und zeigst ihm die Schwerter im Keller.
Zärtlich streichen seine Finger über die wunderschönen Waffen. „Damit kann mich niemand mehr aufhalten", sagt er leise.
„Wie meinen Sie das? Was haben Sie vor?", fragst du.
„Was ich vorhabe?" Watanabe richtet eines der Schwerter auf dich. „Mit diesen Waffen kann ich jeden Tresor ohne Weiteres aufbrechen. Außerdem bin ich so gut wie unbesiegbar!"
„Das dürfen Sie nicht, legen Sie die Waffen zurück in die Truhe!", rufst du empört.
„Aber nicht doch", erwidert Watanabe junior.
„Ich zeige Sie an, ich rufe die Polizei!"
„Nein, das wirst du nicht", sagt der Mann kalt. Dann hebt er das Schwert und lässt die Laserklinge niedersausen …

Ende

Einen Moment lang willst du nach den Schwertern greifen, um die Polizisten zu vertreiben. Doch kurz bevor deine Finger die Griffe berühren, stoppst du die Bewegung.

Nein, denkst du dir, fass sie nicht an. Lass nicht zu, dass die böse Macht wieder Besitz von dir ergreift! Sonst wird alles nur noch schlimmer.

Du lehnst dich im Sitz zurück, schließt für einen Moment die Augen und atmest tief ein und aus. Du spürst, wie du wieder ganz der Alte wirst. Du bist wieder Sam, ein ganz normaler Jugendlicher.

Die Polizei jagt heran und man nimmt dich fest. Zu Recht, du hast ja auch wirklich sehr viel Mist gebaut.

Erleichtert siehst du, wie die Polizisten die Schwerter an sich nehmen.

Auch wenn dich eine harte Strafe erwartet: Immerhin ist jetzt Schluss mit den Straftaten, du bist geläutert. Und das ist auch eine Menge wert.

Wenig später erfährst du aus den Medien, dass sich einer der Beamten mit den Schwertern aus dem Staub gemacht hat. Offenbar haben die Waffen jetzt die Kontrolle über ihn übernommen. Auch er beginnt, Straftaten zu begehen.

Jetzt ist es der Polizist, der von seinen Kollegen gejagt wird …

Ende

Du spitzt die Ohren. Violetta bietet dem Typ, den sie Ray nennt, tatsächlich die Schwerter an – und zwar für 100.000 Euro!
Ray, der gut sichtbar eine Schusswaffe trägt, willigt ein und öffnet den Koffer. Er greift hinein und schaufelt mit beiden Händen Geldscheine auf den Couchtisch. Violetta ist begeistert!
Das darf doch alles nicht wahr sein … Wenn du dir vorstellst, was dieser Gangstertyp mit den Waffen alles anstellen könnte, wird dir ganz schlecht.
Du zückst das Handy und willst nun doch die Polizei rufen. Dabei siehst und hörst du, wie sich Ray verabschiedet.
Mist! Bis die Polizei hier ist, ist der Kerl vielleicht über alle Berge!

Wenn du versuchst, den Kerl irgendwie zu stoppen, lies weiter auf Seite 61

Wenn du doch lieber die Polizei einschaltest, weil Ray bewaffnet ist, lies weiter auf Seite 82

30

Du wartest, bis du eine Tür schlagen hörst, gehst nach oben und rufst die Beamten an.
Sofort wird eine große Fahndung eingeleitet. Watanabe kommt nicht weit und wird geschnappt.
Du sorgst dafür, dass die wunderschönen Laserschwerter in ein Museum kommen, wo sie von unzähligen Menschen bestaunt werden.
Und dort sind die Waffen auch dank einiger Alarmanlagen vor Dieben wie Watanabe junior sicher!

Ende

Brav kehrst du zurück in die Höhle – und zum Drachen, deinem neuen Freund.
Ihr werdet tatsächlich unzertrennlich und allmählich gewöhnst du dich an dein unendliches und ziemlich düsteres Leben. In manchen Nächten fliegst du auf dem Rücken des Drachen über die vom Mond beschienene Landschaft – wie herrlich!
In anderen Nächten machst du die Lokale in der nahen Stadt unsicher.
Kein schlechtes Leben, oder?

Ende

Als das Mondlicht auf die Waffen in deinen Händen fällt, spürst du eine enorme Energie, die aus den Griffen über deine Hände in deinen Körper fließt.

O mein Gott, du bist so unendlich stark! Nichts kann dich aufhalten.

Du gelangst zu einer Kreuzung, an der die Filiale einer Bank liegt. Natürlich ist sie um diese Uhrzeit geschlossen …

Du lächelst. Für normale Kunden schon, denkst du voller Gier.

Aber du bist nicht normal, du hast die Laserschwerter! Und diese Waffen machen aus der stabilen Tür und dem Tresor garantiert Konfetti! Yes!

**Wenn du der Bank einen kleinen Besuch abstatten willst,
lies weiter auf Seite 44**

**Wenn du das lieber lässt, weil dich garantiert die Überwachungskamera filmen würde,
lies weiter auf Seite 65**

Du erhältst eine großartige Rüstung und ein normales Samuraischwert.
Damit ziehst du allein durch das weite Land. Die Sonne kann dir dank der Rüstung nichts anhaben.
Du verdingst dich bei einem berühmten Samurai, der dich in die Künste des Schwertkampfes einweist. Bald bist du so gut wie er.
Du beweist deine Künste auf unzähligen Turnieren und in vielen Schlachten.
Und da du keines natürlichen Todes sterben kannst, wirst du bald zur Legende.

Ende

Du hetzt in euer Haus. Wohin, wohin, wohin?
Der Keller! Dort kannst du dich bestimmt am besten verbergen, glaubst du.
Du flitzt die Treppe hinunter und gelangst in die geheime Kammer des Schwertmeisters. Hier steht die leere Truhe …
Wenn du deine Beine anziehst, könntest du dich darin vielleicht verstecken.
Oder doch lieber in dem großen hölzernen Schrank in der Ecke?

Wenn du dich für die Truhe entscheidest, lies weiter auf Seite **46**

Wenn du den Schrank als Versteck auswählst, lies weiter auf Seite **109**

Du kannst es einfach nicht. Dieses Schwert macht dich doch zu dem, was du bist. Zu etwas, wovon du immer geträumt hast: zu einem Kämpfer mit einer Superwaffe!
Nein, das Laserschwert wirst du niemals hergeben. Du wirst eben immer sehr vorsichtig sein und die Waffe stets verteidigen!

Als einsamer Samurai ziehst du durch die Lande. Du verdingst dich mal bei dem einen Fürst als Söldner, dann bei einem anderen. Du bewährst dich in zahlreichen Schlachten. Dein Ruf ist bald legendär, du wirst regelrecht berühmt. Jeder kennt dich.
Und genau das ist das Problem.
Denn eines Nachts schleicht sich jemand in das Zimmer, das du in einer Herberge genommen hast.
Du schläfst tief und fest. Als der Dieb nach dem Laserschwert greift, knackt unter seinen Füßen ein Brett des Fußbodens und du schreckst hoch.
Du willst dich wehren, aber der Dieb ist schneller und sticht mit einem Dolch zu …

Ende

36

Gegen Mitternacht versucht ihr es. Niemand beobachtet euch, als ihr an einer besonders dunklen Stelle den Aufstieg wagt.

Mann, ist das hoch!, denkst du nach ein paar Metern.

Langsam kommt ihr vorwärts, aber es ist eine elende Plackerei. Immer wieder droht ihr abzustürzen.

Kurz vor dem Ziel passiert es dann doch: Du rutschst in einer Fuge ab und fällst schreiend in die Tiefe …

Ende

Du jagst die Treppe hinauf – und erlebst dein blaues Wunder. Denn oben lauert Watanabe dir auf, und zwar direkt hinter der Tür. Er stellt dir ein Bein und du gehst zu Boden, wobei du eines der beiden Laserschwerter verlierst.
Watanabe junior schnappt es sich, und nun steht ihr euch gegenüber, jeder mit einer der Superwaffen.
„Gib mir dein Schwert, sonst wirst du es bitter bereuen", droht der Einbrecher und lässt seine Waffe dicht über deinen Kopf sausen. „Ich kann im Gegensatz zu dir hervorragend mit einem solchen Schwert umgehen."

Wenn du kämpfst, lies weiter auf Seite 8

Wenn du dich von Watanabes Worten beeindrucken lässt und ihm das Schwert gibst, lies weiter auf Seite 75

Du läufst nach unten zur Haustür. Ein Krachen, ein Splittern – jemand macht sich am Türschloss zu schaffen.
Mit zitternden Knien verbirgst du dich hinter einem Vorhang. Jetzt schwingt die Tür auf. Schemenhaft ist eine Gestalt zu sehen! Ein Einbrecher – dabei handelt es sich bestimmt um den Sohn von Watanabe! Und jetzt?
Deine Gedanken überschlagen sich, während du aus deinem Versteck heraus beobachtest, wie der vermummte Kerl sich im Dunkeln durch das Haus tastet.
Am besten rufst du die Polizei. Doch dein Handy liegt oben in deinem Zimmer. Aber im Wohnzimmer steht das Telefon deiner Eltern …
Oder sollst du lieber einfach abhauen?

**Wenn du versuchst, das Telefon deiner Eltern zu erreichen,
lies weiter auf Seite** 50

**Wenn du fliehen willst,
lies weiter auf Seite** 71

In der nächsten Nacht schleichst du dich davon. Violetta schläft tief und fest und bekommt nichts mit.
Sehr gut! Jetzt wirst du dir den Schatz allein unter den Nagel reißen!
Die Karte ist sehr genau, sodass du dich gut orientieren kannst. Nach drei Tagen Fußmarsch erreichst du einen Berg. In Serpentinen schlängelt sich ein Weg hinauf und endet vor einer Felswand!
Na toll, denkst du dir. Hast du den ganzen Weg umsonst gemacht? Oder bist du doch in die falsche Richtung gelaufen? Du studierst noch einmal die Karte. Nein, du scheinst hier richtig zu sein … seltsam.
Du schaust dir die Felswand genauer an und entdeckst einen Spalt. Hm, dieser Spalt ist genauso breit wie die Klinge deines Laserschwertes. Kannst du mit dem Schwert einen verborgenen Mechanismus bedienen? Oder ist das eine Falle?

**Wenn du das Schwert in den Spalt steckst,
lies weiter auf Seite** 52

**Wenn du das lieber lässt,
lies weiter auf Seite** 60

In der Nähe der Höhle findest du einen smaragdgrünen See. Dort hinein wirfst du schweren Herzens das wunderbare Schwert und siehst zu, wie es versinkt.
Dann wanderst du ziellos durch das Land. Schließlich gelangst du zum Hof eines Reisbauern und fragst, ob er dich aufnimmt. Als Gegenleistung willst du auf seinen Feldern schuften.
Der Bauer, ein großzügiger und gutherziger Mann, ist einverstanden. Er will aber erst einmal sehen, wie fleißig du bist. Ihr vereinbart eine Woche Probezeit.

In diesen sieben Tagen gibst du alles, und der Bauer stellt dich ein. Schlafen darfst du in einer winzigen Kammer. Zweimal am Tag gibt es warmes Essen.
Man behandelt dich sehr gut – du führst ein einfaches, aber glückliches und vor allem sicheres Leben.

Ende

Du verbirgst dich lieber hinter einem Lieferwagen.
Violetta rennt an dir vorbei, ohne dich zu bemerken. Du beobachtest, wie sie euer Haus erreicht. Dort bleibt sie stehen. Sie wirkt unschlüssig.
Nach zwei Minuten kehrt sie zurück und verschwindet in ihrem eigenen Haus.
Du schleichst ihr nach und siehst, dass sie telefoniert. Da das Fenster nicht geschlossen ist, schnappst du ein paar Gesprächsfetzen auf.
Dir stockt der Atem. Es scheint, als wolle Violetta die Schwerter verkaufen! Das darf doch nicht wahr sein!
Und jetzt? Sollst du die Polizei rufen? Aber dann wäre das Geheimnis um die Schwerter gelüftet, garantiert würden sich irgendwelche Experten darauf stürzen. Und ebenso garantiert wird man dir die Schwerter abnehmen …
Nein, das willst du nicht. Du möchtest die Laserwaffen für dich allein!
Zehn Minuten vergehen. Während du noch die nächsten Schritte überlegst, bremst ein aufgemotzter Pick-up vor Violettas Haus. Du gehst in Deckung. Ein bulliger Typ mit Stiernacken steigt aus und betritt das Haus. Der Typ, der einen Aktenkoffer bei sich hat, sieht für dich aus wie ein Gangster!

Wenn du erst mal die Lage peilst, lies weiter auf Seite 29

Wenn du jetzt doch lieber die Polizei rufst, lies weiter auf Seite 48

„Ich bin kein großer Kämpfer“, stammelst du und kommst dir klein, mies und feige vor. „Tut mir leid.“

Doch der Geist winkt nur ab. „Schon gut“, sagt er milde. „Ich kämpfe auch nicht gern. Aber manchmal hat man keine andere Wahl, zum Beispiel dann, wenn man etwas Schlimmes verhindern muss. Bleib hier und rühr dich nicht vom Fleck.“

Dann schwebt er in den Geheimgang und du spitzt die Ohren. Kurz darauf dringen Schreie an deine Ohren. Irgendetwas fällt krachend um.

Du bekommst eine Gänsehaut. Hoffentlich geht das gut aus!

Dann herrscht plötzlich Stille.

Totenstille, wie es dir vorkommt.

Eine Minute später schwebt der Geist wieder heran. In den Händen hält er die Schwerter.

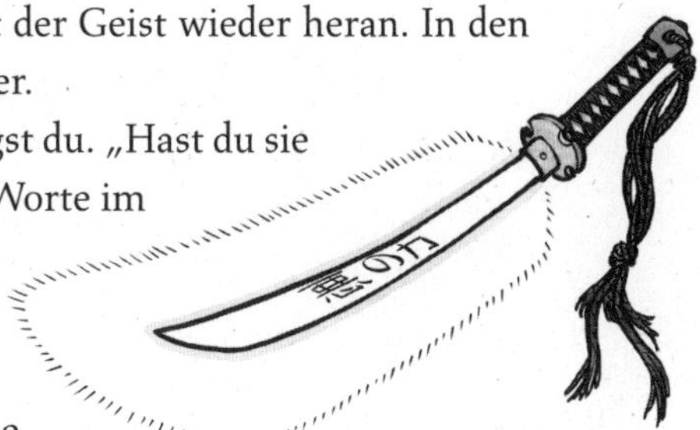

„Was ist mit Violetta?“, fragst du. „Hast du sie etwa ge…“ Dir bleiben die Worte im Hals stecken.

„Nein, ich habe ihr nur die Schwerter abgenommen. Sie hat versprochen, dass sie sich hier nie mehr blicken lässt.“

Er nickt dir noch einmal zu. Dann verblasst er mitsamt den Schwertern.

Du siehst den Geist und die Schwerter nie wieder. Aber auch Violetta nicht. Sie hat offenbar viel zu viel Angst vor den Kampfkünsten des Geistes …

Ende

Zack! Das Schwert durchschlägt die Glastür. Splitter fliegen in alle Richtungen – und zwei Splitter bohren sich in deine Arme!

Aua!

Die Waffen gleiten aus deinen Händen. Gleichzeitig jault eine Alarmanlage, ein rotes Licht beginnt sich zu drehen.

Der Schmerz raubt dir die Sinne. Du willst nach Hause taumeln, doch du kommst nicht weit. Ein Polizeiwagen bremst neben dir und zwei Beamte nehmen dir die Schwerter ab. Du hast wegen der Verletzungen keine Kraft, dich zu wehren.

Dann bringt man dich aufs Revier, wo du viele unangenehme Fragen beantworten musst.

Ein Jugendrichter brummt dir später eine saftige Strafe auf.

Und die Schwerter? Die werden beschlagnahmt! Du siehst sie nie wieder.

Tja, dumm gelaufen …

Ende

Als die gefährliche Waffe in deinen Händen liegt und du dem Drachen den Schädel spalten willst, speit er Feuer.
Ein Mantel aus Glut und Hitze hüllt dich ein. Schreiend weichst du zurück, doch die Kreatur setzt dir nach. Wieder und wieder schickt sie dir ihren feurigen Atem entgegen. Der Drache verzeiht es nicht, dass du mit der Waffe auf ihn losgegangen bist.
Das Biest kennt kein Erbarmen … und du weißt: Das ist das

Ende

Du schließt den Deckel über dir. Gerade noch rechtzeig, denn schon hörst du Schritte! Das kann nur Violetta sein, die nach dir sucht.
Mit klopfendem Herzen lauschst du. Die Schritte kommen näher. Schweiß rinnt dir über die Stirn.
Verdammt, ist das hier eng!
Dann spürst du ein Kribbeln in der Nase. Das wird der Staub sein! O Mann, wenn du jetzt niest, ist alles vorbei, dann wird Violetta dich finden!
Du kämpfst gegen den Niesreiz an, doch er ist zu stark.
Hatschi!!!!!!!
Der Deckel wird hochgerissen.
„Na, wen haben wir denn da?“, ruft Violetta lachend.
Dann knallt sie den Deckel wieder zu und schließt dich in der Truhe ein.
Und zwar für immer …

Ende

Ihr tauscht eure Klamotten gegen schmucklose graue Bauernkleidung sowie zwei Säcke Zwiebeln und lauft mit eurer Last zum Tor der Festung. Tatsächlich lässt man euch hinein und weist euch den Weg zu einem Lagerraum. Da ein ständiges Kommen und Gehen herrscht, bemerkt niemand, dass ihr euch dort versteckt.
Als es Nacht wird, schleicht ihr aus eurem Versteck.
„Wo wird Takeshi etwas so Wertvolles wie die Laserschwerter aufbewahren?“, wispert Violetta. „In der Waffenkammer?“
„Ich glaube eher, dass er sie in seinen Privatgemächern hat“, erwiderst du im Flüsterton.
Auf Zehenspitzen pirscht ihr durch die Festung und gelangt nach einigem Suchen tatsächlich zu den Privatgemächern des Shogun. Ihr habt Glück: Der Wächter vor der Doppeltür schläft!
Leise öffnet ihr die Tür. Takeshi schläft ebenfalls tief und fest – und neben ihm auf einem Tisch liegen die Laserschwerter! Du hast also richtig vermutet!
Ihr schnappt sie euch und verbergt euch wieder im Vorratsraum.
Am nächsten Morgen herrscht große Aufregung in der Burg. Der Shogun ist wütend und lässt überall nach seinem Schatz suchen. Doch niemand kommt auf die Idee, zwei einfache Bauern zu kontrollieren, die im Heer der Lieferanten die Burg verlassen – mitsamt zwei wunderschönen Laserschwertern!

Ende

Es dauert nicht lange, dann rast ein Polizeiwagen heran. Kurz und knapp informierst du die Beamten. Zunächst haben sie Zweifel an deiner Story: „Laserschwerter? Du guckst wohl zu viel Fernsehen!“

Doch schließlich kannst du sie überzeugen. Die Beamten stürmen das Haus und kommen kurz darauf mit dem stiernackigen Typ wieder heraus – und mit den beiden Schwertern.

„War ein guter Tipp von dir“, loben dich die Polizisten. „Der Kerl steht schon lange auf unserer Fahndungsliste. Die junge Dame wollte ihm gerade die Schwerter verkaufen.“

„Die gehören mir“, sagst du. „Ich möchte sie wiederhaben.“

„Das geht leider nicht“, sagt einer der Beamten. „Das ist Beweismaterial!“

Als klar wird, was es mit den Schwertern auf sich hat, werden die schönen Waffen beschlagnahmt – im Dienst der Wissenschaft natürlich.

Na toll!

Ende

Ja, bestimmt ist es so! In dir wächst die Gier.
Doch was ist mit Violetta? Sollst du sie einweihen? Aber wenn du das tust, musst du den Schatz vermutlich mit ihr teilen …
Andererseits könnte es nicht schaden, wenn du sie an deiner Seite hast. In dieser Welt könnte es nämlich ziemlich gefährlich werden!

**Wenn du schweigst,
lies weiter auf Seite** 40

**Wenn du Violetta Bescheid gibst,
lies weiter auf Seite** 103

Jetzt verschwindet der Einbrecher aus deinem Blickfeld. Sehr gut! Auf leisen Sohlen pirschst du zum Telefon. Als du es an dein Ohr hebst und den Notruf eintippst, spürst du eine Hand auf deiner Schulter.
Dein Blut gefriert.
„Leg das Telefon weg, Kleiner!“, knurrt ein Mann.
Diese Stimme … ganz klar, das ist Watanabe junior! Wo kommt der Kerl plötzlich her?
„Wird's bald?“
Nein, denkst du. So nicht!
Schwungvoll rammst du den Ellbogen nach hinten. Ein Schrei ertönt. Volltreffer! Du wirbelst herum und stößt Watanabe zu Seite. Dann rennst du los.
Doch der Kerl verfolgt dich. Plötzlich kracht ein Schuss. Die Kugel bohrt sich neben der Haustür in die Wand.
Kurskorrektur – jetzt willst du nach oben zu deinem Handy. Doch schon peitscht der nächste Schuss. Ein Glück, dass es so dunkel ist und der Typ dich verfehlt.
Jetzt bleibt dir nur noch der Weg in den Keller!
Du jagst die Treppe hinunter und schlüpfst durch die Tür.

**Wenn du dich hinter der Tür verbirgst,
lies weiter auf Seite** **74**

**Wenn du dich in der Werkstatt
des Schwertmeisters versteckst,
lies weiter auf Seite** **96**

Ach du Schande! In dem Raum herrscht ein grünliches Licht. Nebel wabert.
Mittendrin steht ein Mann mit asiatischen Gesichtszügen. Er trägt einen giftgrünen Kimono und hat die Hände in den weiten Ärmeln verborgen. Seine Füße berühren den Boden nicht. Der Kerl, der dich freundlich anlächelt, schwebt!
Dir wird klar, dass du es mit einem Geist zu tun hast. Bestimmt ist das der Geist von Watanabe, dem leider ziemlich untoten Schwertmeister.
„Willkommen", sagt der Geist mit kaum hörbarer Stimme. „Was kann ich für dich tun?"
„Äh, ich will eigentlich nur wieder heil hier raus", stammelst du. „Meine Nachbarin Violetta ist hinter mir her, sie hat die magischen Schwerter geraubt."
Die Stirn des Geistes bewölkt sich. „Meine Laserschwerter? Das ist nicht gut. Die dürfen nicht in falsche Hände geraten!"
„Das ist schon passiert", sagst du.
„Willst du mir helfen, diese Violetta zu besiegen? Aber ich warne dich: Das kann sehr gefährlich werden", sagt der Schwertmeister.

Wenn du Seite an Seite mit dem Geist kämpfen möchtest, lies weiter auf Seite 20

Wenn du lieber nicht mit dem Geist gegen Violetta kämpfen willst, lies weiter auf Seite 43

Du atmest einmal tief durch. Dann schiebst du die Klinge hinein. Ein Knirschen, ein Knacken. Der Boden unter deinen Füßen beginnt leicht zu beben.
Was passiert hier?
Dann beobachtest du staunend, wie sich der Fels vor dir wie von Geisterhand öffnet: Ein Loch ist zu sehen, gerade breit genug, dass du hindurchgehen kannst. Unglaublich!
Du ziehst deine wundervolle Waffe aus dem Spalt und zwängst dich durch das Loch. Im schwachen Licht erkennst du, dass du dich in einer großen Höhle befindest.
Ist hier der Schatz verborgen? Aber wo könnte er sein?
Du machst ein paar Schritte tiefer in die Höhle hinein und allmählich gewöhnen sich deine Augen an die schlechten Sichtverhältnisse. Und was du jetzt siehst, lässt dich erschaudern: Ein schuppiger Drache mit großen Flügeln kommt auf dich zu!

Wenn du vor dem Drachen fliehst,
lies weiter auf Seite **26**

Wenn du den Drachen
mit dem Laserschwert angreifst,
lies weiter auf Seite **45**

54

Schritte kommen auf den Schrank zu, dann wird die Tür aufgerissen.
„Da bist du ja!“, strahlt Violetta dich an.
„Ja, da bin ich“, erwiderst du und haust ihr die Tür um die Ohren. Violetta geht zu Boden und lässt dabei die Schwerter fallen.
Du schnappst sie dir und bedrohst sie damit.
„Lass dich hier nie wieder blicken, ist das klar?“
„Ja“, sagt sie schwach, während sie sich aufrappelt.
Dann schleicht sie mit hängenden Schultern aus dem Keller.
Sehr fein, jetzt gehören die wunderbaren Waffen wieder dir allein!
Doch als du sie berührst, spürst du, dass eine böse Macht von dir Besitz ergreifen will … Es kommt dir vor, als wollten die Laserschwerter die Kontrolle über dich übernehmen!

Lies weiter auf Seite 24

Du stehst Rücken an Rücken mit Violetta. Die schwer bewaffneten Samurai greifen von allen Seiten an. In ihren Gesichtern liegt grimmige Entschlossenheit. Ihre Schwerter und Dolche blitzen. Der erste zielt auf deine Knie und du musst in die Höhe springen.
Wusch, du machst seine Haarpracht ein paar Zentimeter kürzer. Dann verarbeitest du sein Schwert zu einem Häufchen Staub.
Du trennst dich von Violetta, um mehr Bewegungsfreiheit zu haben. Das Laserschwert macht dich unendlich stark – es kommt dir vor, als würde es dich führen. Du wirst zu einem eleganten Tänzer inmitten der Schlacht. Und niemand kann dich bezwingen. Violetta ergeht es nicht anders – auch sie wirbelt mit unglaublicher Schnelligkeit durch die Reihen der Feinde.
Es vergehen keine zwei Minuten, bis alle Gegner am Boden liegen.
Der Shogun klammert sich ängstlich an seinem Thron fest.
„Wirklich nicht schlecht“, sagt Takeshi und schluckt. „Wollt ihr beide in meine Dienste treten?“
Violetta schaut dich fragend an.

Wenn du das Angebot ablehnst,
lies weiter auf Seite 68

Wenn du auf das Angebot eingehst,
lies weiter auf Seite 101

Es ist ein ungleicher und schneller Kampf. Mühelos entwaffnest du den Herrn.

„Wow, das war verdammt cool", sagt er zu dir. „Mit diesen Schwertern könnte man eine ganze Menge anstellen ..."

Deine Augen werden schmal. „Wie meinen Sie das?"

„Nun ja, du musst wissen, dass ich mein Geld nicht wie die meisten anderen verdiene, sondern ganz spezielle Geschäfte mache. Und dabei wären solche Schwerter buchstäblich Gold wert."

Dir wird klar, dass der Typ ein Verbrecher ist. „Wir könnten doch zusammenarbeiten", schlägt er im Plauderton vor. „Ich heiße übrigens Luca. Du hast die Superwaffen und ich kenne ein paar lohnende Objekte, denen wir einen Besuch abstatten könnten. Zusammen wären wir der Hammer, glaub mir."

Wenn du mit Luca zusammenarbeiten willst, lies weiter auf Seite **67**

Wenn du das Angebot ausschlägst, lies weiter auf Seite **70**

Zwei Cops erscheinen neben der Fahrertür, die du mit einiger Mühe öffnen kannst.
„He, junger Mann, haben Sie überhaupt einen Führerschein?", fragt einer der Beamten, nachdem er sich überzeugt hat, dass du unversehrt bist.
„Nein", erwiderst du. „Wozu? Aber ich habe das hier."
Du ziehst die Laserschwerter vom Beifahrersitz. Sofort ergreift die finstere Macht wieder Besitz von dir.
„Legen Sie die Waffen nieder!", brüllen die Beamten und zücken ihre Pistolen.
Doch du bist schneller und schlägst sie ihnen aus den Händen. Überrascht weichen die Beamten zurück.
„Wir tauschen", sagst du zu den Männern. Du wirfst ihnen den Schlüssel für den Ferrari zu und steigst in den Polizeiwagen.
Yes, jetzt wird's cool! Während die Beamten hektisch Verstärkung anfordern, findest du die richtigen Schalter und Knöpfe für die Sirene und das Blaulicht. Wow, das fetzt!
Auch den ersten Gang bekommst du rein, nicht aber den zweiten. Das Spiel mit Kupplung und Gas beherrschst du einfach nicht. Immerhin schaffst du einen halben Kilometer, bevor du nach einem Fahrfehler im Vorgarten einer Villa landest.
Zwei Rottweiler umkreisen das Polizeiauto knurrend.

Wenn du trotzdem aussteigst,
lies weiter auf Seite 69

Wenn du dir lieber etwas anderes überlegst,
lies weiter auf Seite 102

„Niemals", sagst du nur und beendest das Gespräch.
Den Abend verbringst du vor der Konsole und schaust dir dann mit einer XXL-Tüte Popcorn einen Film an.
Erst weit nach Mitternacht gehst du schlafen. Dein Zimmer liegt im Obergeschoss des Hauses.
Doch die Ruhe ist nicht von Dauer: Ein Geräusch schreckt dich auf.
Was war das? Das kam doch von unten, oder?
Du stehst auf und öffnest die Tür.
Hm, alles ist ruhig und friedlich …

**Wenn du lieber mal nachschaust,
lies weiter auf Seite** **38**

**Wenn du dich wieder hinlegst,
lies weiter auf Seite** **110**

Brav legt ihr die Waffen vor den Türen ab. Du fällst auf eine weiche Matte und bist kurz darauf tief und fest eingeschlafen. Schön doof, schön naiv!

Denn während ihr selig schlummert, stehlen Takeshis Diener euch die Waffen und bringen sie dem Shogun.

Takeshi ist überglücklich.

Und was geschieht nun mit euch?

Ganz einfach: Man wirft euch aus der Burg und lacht euch aus!

Was nun?

„Wir könnten uns wie Ninja in die Burg schleichen und ihm die Waffen wieder abnehmen“, schlägt Violetta vor. „Oder wir versuchen uns als Händler. Es gibt noch eine dritte Möglichkeit: Wir schließen uns Muto an und zahlen es Takeshi heim. Ich überlasse dir die Entscheidung.“

Wenn du die Ninja-Nummer versuchen willst,
lies weiter auf Seite **64**

Wenn du dich Muto anschließen willst,
lies weiter auf Seite **80**

Wenn du dich als Händler versuchen möchtest,
lies weiter auf Seite **97**

60

Nein, lieber nicht. In dieser merkwürdigen mittelalterlichen Welt ist das garantiert eine Falle, glaubst du, und machst dich wieder auf die Suche nach dem verborgenen Schatz.
Dumm nur, dass du dadurch eine einmalige Chance vertust.
Denn jemand anderes ist mutiger und schlauer als du: Violetta. Sie hat deinen Verrat nämlich bemerkt und ist dir heimlich gefolgt. Du hast sie zu der mit dem Kreuz markierten Stelle auf der Karte geführt.
Violetta wartet, bis du weg bist, und schiebt ihr Laserschwert in den Spalt. Und siehe da: Ein Loch tut sich in der Felswand auf. Während du sinnlos in der Gegend herumläufst, betritt Violetta eine Höhle und findet den Schatz: Es handelt sich um ein Elixier, das sie unsterblich macht!
Und du? Du schaust in die Röhre!

Ende

Was sollst du nur tun? Hinter deiner Stirn wirbeln die Gedanken. Dabei richtet sich dein Blick auf den Pick-up. Die Karre hat eine große, offene Ladefläche … Yes, das ist es!
Du sprintest zu dem Wagen und enterst die Ladefläche. Dann machst du dich dort ganz klein.
Nur wenig später schwingt sich Ray in den Wagen und startet den Motor. Dann fährt er los, ohne dich zu bemerken.
Cool! Jetzt wirst du wenigstens bald wissen, wohin er die Laserschwerter bringt!
Nach etwa einer Viertelstunde rumpelt der Wagen in eine große düstere Lagerhalle in der Nähe eines Flusses.
Du kauerst dicht hinter dem Führerhaus zusammen und beobachtest, wie Ray aussteigt und ein paar Männer in einem angrenzenden Büro zusammentrommelt. Die Tür bleibt offen.
„Leute, ich habe vorhin was Feines gekauft“, tönt Ray. „Zwei Laserschwerter. Damit können wir jeden Tresor knacken!“
Seine Leute grölen.
Verflucht!, denkst du bei dir. Die Mistkerle sind allesamt Gangster und wollen die wunderbaren Waffen zweckentfremden!
„Zeig doch mal die Dinger, Boss!“, ruft einer.
„Gleich“, erwidert Ray.

Wenn du versuchst, dir die Waffen unter den Nagel zu reißen und damit zu Fuß zu fliehen, lies weiter auf Seite **62**

Wenn du den Pick-up mit den Waffen klaust, lies weiter auf Seite **115**

Hehe, schon hast du die Schwerter – und jetzt nichts wie raus hier! Denn der Gangsterboss marschiert bereits auf sein Auto zu, um die Waffen zu holen und sie den anderen zu zeigen.

Du flitzt gebückt los, doch er bemerkt dich, rennt dir hinterher und wirft sich auf dich.

„Das könnte dir so passen, du kleiner mieser Dieb", schreit er dich an, als er auf dir kniet.

„Das sagt der Richtige, du bist selbst ein Dieb", erwiderst du. Es gelingt dir, dich unter dem Gangster hervorzuwinden und aufzuspringen. Dann versetzt du ihm einen Stoß und schickst ihn damit zu Boden.

Seine Komplizen stürzen heran und zielen mit ihren Kanonen auf dich.

Doch du richtest die Schwerter auf Ray, der zu deinen Füßen liegt. „Macht keinen Fehler", sagst du leise und drohend zu den anderen Gangstern. „Sonst ergeht es eurem Boss schlecht."

Da lassen die Kerle ihre Pistolen sinken.

Du alarmierst per Handy die Polizei, die die Bande einkassiert.

Es gelingt dir, die Schwerter vor den Beamten zu verstecken. So kannst du sie mit nach Hause nehmen und in die Truhe zurücklegen.

Dort bleiben sie für immer – als dein ganz persönlicher Schatz!

Ende

Immerhin hast du schon mal etwas gelesen über die Ninja, diese Meister der Tarnung und des Nahkampfes. Doch viel ist das nicht …

„Aber wie sollen wir jetzt vorgehen?", fragst du Violetta.

„Hm", meint sie gedehnt. „Wir könnten uns als Bauern verkleiden und so tun, als ob wir etwas anliefern wollen. Und wenn wir in der Festung sind, suchen wir nach den Schwertern."

Du nickst langsam. „Klingt nicht schlecht …"

Da schnippt Violetta mit den Fingern. „Ha, mir kommt gerade noch eine andere Idee!"

Sie deutet auf die Mauer. „Dort sind Fugen. Ich glaube, dass wir da gut hochklettern könnten – nachts natürlich! Was meinst du?"

Wenn du nachts über die Mauer steigen willst, lies weiter auf Seite **36**

Wenn du dich verkleiden möchtest, lies weiter auf Seite **47**

Nein, so etwas muss man unauffälliger machen. Daher läufst du weiter und spazierst an einer Tankstelle vorbei, die im Gegensatz zur Bank noch geöffnet hat. Und was steht da an einer der Zapfsäulen? Deine Augen werden groß. Ein Ferrari! Genau das richtige Geschoss für einen megacoolen Typen mit zwei Laserschwertern.

Dummerweise gehört die Karre nicht dir, aber diesen wirklich völlig unpassenden Zustand änderst du, indem du dem Ferrari-Besitzer, der gerade vom Bezahlen zurückkommt, die Schwerter unter die Nase hältst.

„Gib mir den Schlüssel", forderst du.

Der Mann rückt das Gewünschte sofort heraus und du nimmst im Schalensitz aus Leder Platz.

Fantastisch! Du drückst einen Knopf neben dem Lenkrad und der Motor heult auf. Prima, dass die Karre ein Automatikgetriebe hat. Damit wirst du schon klarkommen, auch wenn du noch keinen Führerschein hast.

Langsam rollst du vom Gelände der Tankstelle auf die Straße, während der Bestohlene hektisch telefoniert. Bestimmt ruft der Typ die Polizei, aber du hast einen Ferrari! Niemand wird dich stoppen können!

Irrtum, denn auf der Straße gibst du viel zu viel Gas. Der Ferrari mit seinen über 500 PS schießt nach vorn, du verlierst die Kontrolle und krachst in eine Mauer. Du bleibst wegen der Airbags unverletzt, aber schon naht die Polizei!

Wenn du aufgibst, lies weiter auf Seite **28**

Wenn du fliehst, lies weiter auf Seite **57**

Die nächsten drei Minuten geschieht überhaupt nichts. Unruhig trittst du von einem Fuß auf den anderen. Wäre es nicht doch viel schlauer gewesen, dir das Schwert zu holen?

In diesem Moment tippt dir jemand auf die Schulter und du wirbelst herum.

Violetta – sie hat ein Laserschwert in der Hand! Dann waren sogar zwei Waffen in der Truhe! Oder sogar noch mehr?

„Was spionierst du hier herum?“, will Violetta wissen.

„Du hast mir die Schwerter gestohlen“, blaffst du sie an. „Gib sie wieder her!“

Doch Violetta lacht nur. „Vergiss es, die gehören jetzt mir.“

Mit geballten Fäusten machst du einen Schritt auf sie zu, aber Violetta lässt das Laserschwert knapp über deinen Kopf sausen. „Hau ab!“, schnauzt sie dich an.

„Na schön, dann hole ich eben die Polizei“, erwiderst du und wendest dich ab.

„Das wirst du nicht“, sagt Violetta in einem Tonfall, der dafür sorgt, dass du dich noch einmal umdrehst.

Das Letzte, was du siehst, ist ein Laserschwert, das auf dich zufliegt …

Ende

Warum eigentlich nicht? Denn natürlich fehlt dir jede Erfahrung als Verbrecher! Schließlich hat erst das Schwert dich zu dem gemacht, was du jetzt bist: zu einem skrupellosen Schurken!
Luca bietet dir in seinem großen Haus ein Zimmer an. Und während deine Eltern verzweifelt nach dir suchen und auch schon die Polizei eingeschaltet haben, bereitet dich Luca auf euren ersten gemeinsamen großen Fischzug vor.
„Wir überfallen ein Casino", sagt er mit leuchtenden Augen. „Dort gibt es einen großen Tresor, den wir mithilfe des Laserschwertes aufbrechen werden."
Du reibst dir die Hände – ihr werdet garantiert fette Beute machen. Gleich in der kommenden Nacht soll es losgehen. Heute Nacht sollst du dich aber erst einmal ausruhen.
Doch Luca denkt überhaupt nicht daran, dich an dem Raubzug zu beteiligen. In der Nacht stiehlt er dir das Laserschwert und wirft dich raus.
Du bist zunächst wahnsinnig wütend, doch dann spürst du eine unglaubliche Erleichterung: Denn nachdem du nicht mehr im Besitz des Schwertes bist, lässt seine negative Wirkung nach. Du bist schließlich wieder ganz der Alte! Ein Glück!
Du vertraust dich deinen Eltern an, die sehr erleichtert sind, als du wieder auftauchst. Dann schaltet ihr die Polizei ein, die sofort das Haus von Luca stürmt. Doch der hat sich schon mit dem Schwert aus dem Staub gemacht.
Erst zwei Wochen später wird er endlich geschnappt!

Ende

Du berätst dich kurz mit Violetta.
„Nein!“, entgegnet ihr dann kühn. „Denn warum solltet wir dir trauen? Du hast schon einmal deine Männer auf uns gehetzt! Wir gehen unseren eigenen Weg!“
Stolz verlasst ihr die Burg – und niemand wagt es, euch aufzuhalten.

„Wir müssen einen Weg finden, wieder in unsere Welt zurückzugelangen“, sagst du zu Violetta.
Plötzlich hast du eine Idee: „Unsere Zeitreise passierte, als wir die Schwerter kreuzten, weißt du noch? Das sollten wir noch einmal tun … womöglich gelingt uns so die Rückreise!“
Violetta ist sofort Feuer und Flamme.
Doch als du dein Schwert ziehen willst, hörst du ein Surren.
Du drehst dich um und siehst, wie Hunderte von Pfeilen von den Burgzinnen in eure Richtung fliegen!
Der hinterhältige Shogun hat euch einen bösen Gruß hinterhergeschickt …

Ende

„Na, ihr süßen Wauwaus?", begrüßt du die bissigen Biester, als du aus dem Polizeiwagen kletterst. Natürlich hast du beide Schwerter gezückt – und als die Rottweiler dich anspringen wollen, lässt du die Laserklingen vor ihren Nasen tanzen.
Jaulend fliehen die Hunde, und du hast freie Bahn.
Was für ein schönes Haus ... Die böse Macht, die nach wie vor durch die Griffe der Schwerter in dich strömt, ist so unendlich stark. Sie macht dich gierig. In dieser Villa ist bestimmt einiges zu holen.
Kein Licht brennt, niemand scheint dort zu sein. Vermutlich sind deshalb auch die Hunde draußen. Sie sollen ungebetene Gäste fernhalten.
Aus der Ferne hörst du Sirenen. Das wird die Polizei sein, die nach dir sucht.
Dann mal schnell rein ins Haus. Mit einem der Laserschwerter verschaffst du dir mühelos Zugang.
Doch da geht plötzlich das Licht an und ein durchtrainierter Mann steht dir gegenüber – mit einem mittelalterlichen Samuraischwert in den Händen. Verflucht!
„Na, du kleiner Einbrecher?", begrüßt er dich. „Willst du eine Lektion in Sachen Schwertkampf?"

**Wenn du dich mit dem Mann anlegst,
lies weiter auf Seite 56**

**Wenn du dich nicht auf einen Kampf einlässt,
weil du den Mann nicht verletzen willst,
lies weiter auf Seite 87**

Du ziehst dein eigenes Ding durch – ein böses, gieriges Ding. Keine Bank ist mehr vor dir sicher. Und wenn doch mal die Polizei aufkreuzt, kämpfst du dir den Weg mit deinem Laserschwert frei.

Da du bei deinen Raubzügen mehrfach von Überwachungskameras gefilmt wirst und sämtliche Medien über dich berichten, kennt bald jeder dein Gesicht. Du gelangst zu zweifelhafter Berühmtheit.

Daher wird es für dich immer schwieriger, dich zu verstecken. Du hetzt von Hotel zu Hotel, von Land zu Land, von Kontinent zu Kontinent. Doch überall drohst du bald aufzufliegen. Von dem Geld, das du erbeutest, hast du nicht viel, weil du es kaum ausgeben kannst, ohne dass man dich erkennen würde. Es wird eine gnadenlose Jagd, und irgendwann wirst du müde, auch wenn das Laserschwert dich weiter negativ beeinflusst. Du willst jetzt nicht mehr weglaufen, nicht mehr fliehen – schließlich verweigerst du dich den finsteren Mächten des Schwertes. Du gibst auf. Widerstandslos lässt du dich verhaften und bist froh, als die Polizisten dich entwaffnen …

Nun hat der böse Einfluss des Laserschwertes hoffentlich ein

Ende

Heimlich, still und leise willst du dich vom Acker machen. Du schlüpfst hinter dem Vorhang hervor und gehst auf Zehenspitzen durch den kurzen Flur zur Haustür.
Schon liegt deine rechte Hand auf der Klinke, schon ziehst du die Tür auf.
Doch was ist das?
Das verfluchte Ding quietscht wie eine völlig verstimmte Geige.
Oh no!
Gerade, als du nach draußen rennen willst, stürmt Watanabe junior heran – und zwar mit einer Pistole in der Hand.
Das Letzte, was du hörst, ist das Krachen eines Schusses.

Ende

72 Angsterfüllt wendest du dich ab und machst dich auf den Rückweg.

Nach einiger Zeit bist du dir sicher, dass du eigentlich längst den Schrank in Watanabes Werkstatt erreicht haben müsstest. So lang war der Weg doch gar nicht!

Völlig richtig, dein Gefühl trügt dich nicht.

Doch Watanabe hat hier unten ein wahres Labyrinth von Gängen angelegt, und du bist in der völligen Dunkelheit einmal falsch abgebogen.

Folge: Du hast dich hoffnungslos verlaufen und findest nie wieder heraus …

Ende

In der Nacht steigst du wieder in den Keller hinab, um in die Truhe zu schauen.
O nein, der Deckel steht offen! Voll böser Ahnung beugst du dich darüber. Na klar, die Truhe ist leer!
Dir ist also jemand zuvorgekommen … und dieser Jemand kann nur Violetta gewesen sein!
Dieses Miststück ist eine Diebin! Unglaublich, das wirst du ihr nicht durchgehen lassen! Niemals!
Aber halt, wer sagt eigentlich, dass Violetta wirklich etwas gestohlen hat? Du weißt doch gar nicht, ob etwas in der Truhe gewesen ist. Vielleicht war sie sogar leer!
Dennoch, Violetta hatte hier unten nichts verloren. Sie wird dir Rede und Antwort stehen müssen.
Entschlossen läufst du zum Nachbarhaus und klingelst. Niemand öffnet. Du spähst durch ein offenes Fenster und siehst Violetta, die einen Kopfhörer aufhat. Neben ihr liegt ein prunkvolles Laserschwert!

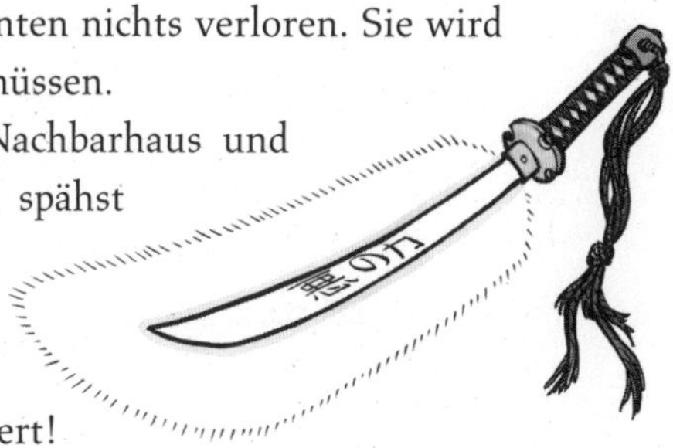

Das stammt bestimmt aus der Truhe! Jetzt steht Violetta auf und verlässt ohne das prächtige Schwert den Raum.

Wenn du durch das Fenster kletterst, um dir das Schwert zu holen, lies weiter auf Seite 25

Wenn du erst mal abwartest, weil Violetta jeden Moment wieder zurückkommen könnte, lies weiter auf Seite 66

74

Schon rennt der Kerl an dir vorbei – und du stellst ihm ein Bein. Was für ein schöner Anblick, als der Typ quer durch den Raum fliegt und auf der Nase landet.
1:0 für dich.
Oder?
Leider nein, denn Watanabe junior kommt rasch wieder hoch und richtet seine Knarre auf dich.
Bämm!
Doch die Waffe hat zu deinem Glück Ladehemmung. Du springst aus dem Raum, knallst die Tür zu und jagst in einen anderen Kellerraum, der ein kleines Fenster hat. Hier findest du in einem Regal ein ganzes Dutzend Mausefallen …

**Wenn du die Fallen hinter der Tür aufstellst,
lies weiter auf Seite** **76**

**Wenn du lieber versuchst,
durch das Kellerfenster zu entkommen,
lies weiter auf Seite** **106**

So ein Mist! Aber Watanabe wird recht haben, schließlich ist er viel älter als du und wird als Sohn eines Schwertmeisters bestimmt schon Erfahrung mit einer solchen Superwaffe gesammelt haben.
Also gibst du ihm dein Schwert.
Ein verhängnisvoller Fehler – denn Watanabe schaltet dich aus, weil er keine Zeugen für seinen Diebstahl haben will …

Ende

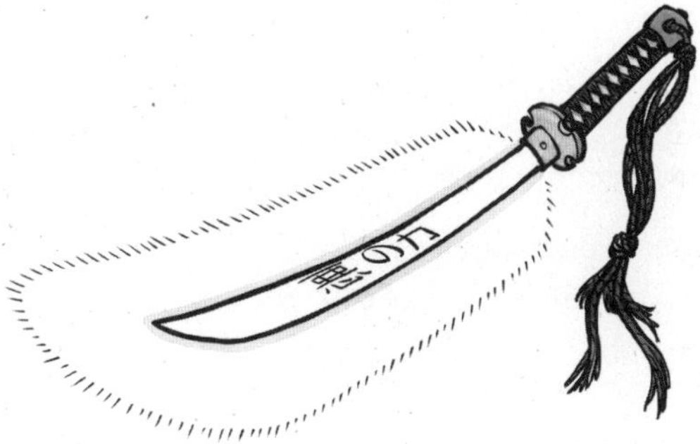

Was für ein Schauspiel!
Der Einbrecher tritt prompt in die erste Falle und erschrickt fürchterlich. Er macht einen Satz zur Seite und tappt gleich in die nächste. Du verpasst ihm einen Tritt in den Hintern und nun landet Watanabe junior mit dem Gesicht zuerst in der dritten Mausefalle.
ZACK! Das Ding sitzt nun auf seinem Zinken, und der Einbrecher schreit wie am Spieß. Das ist doch Musik in deinen Ohren!
Du willst an ihm vorbei durch die Tür schlüpfen, doch Watanabe packt dich am Hosenbein und bringt dich zu Fall!
„Das büßt du mir", knurrt er.
Du strampelst mit den Füßen, doch der Mistkerl hat dich fest gepackt.
Dein Blick irrt durch den Raum. In dem Regal, neben dem du zu Boden gegangen bist, lagern ein paar staubige Einmachgläser. Damit bombardierst du deinen Gegner, der dich loslässt, um die Hände schützend über den Kopf zu legen.
Ha, jetzt bist du frei!

Wenn du erst mal die Laserschwerter holst, damit sie dem Dieb nicht in die Hände fallen, lies weiter auf Seite **13**

Wenn du aus dem Haus fliehst, lies weiter auf Seite **90**

Der Drache hat bestimmt nur Unsinn erzählt, weil er dich als Freund an seiner Seite haben will. Das ehrt dich zwar, aber was ist das bitte für eine Perspektive? Schließlich hast du noch Jahrtausende zu leben!

Mit dem Laserschwert in der Hand trittst du in die Morgendämmerung hinaus.

Da bahnen sich die ersten Sonnenstrahlen ihren Weg durch den Morgennebel und streifen dich. Sofort steigt Rauch aus deiner Kleidung auf.

O nein, das darf doch nicht wahr sein, der Drache hat doch nicht geflunkert!

Du drehst dich um, willst zurück in das Lokal – doch du schaffst es nicht mehr.

Die Sonne versengt dich …

Ende

Das ist keine besonders gute Idee, mein Lieber. Denn der Kamin ist zwar unten breit, verjüngt sich aber nach oben.
Bei dem Versuch hinaufzugelangen, bleibst du prompt stecken.
Nun gibt es kein Vor und kein Zurück mehr.
Dummerweise hört auch niemand deine Hilferufe und du weißt: Das ist dein

Ende

Muto nimmt euch gerne in seine Dienste, auch wenn ihr keine erfahrenen Krieger seid. Aber er kann jeden gebrauchen. Natürlich sagt ihr ihm nicht, warum ihr euch ihm anschließt.

Am nächsten Tag beginnt der Sturm auf die Burg von Shogun Takeshi.
Ihr gehört zur Besatzung eines hölzernen Wagens, der ein stabiles Dach und vorn einen Rammbock hat. Mit zehn anderen Kriegern steht ihr im Inneren des Wagens und schiebt ihn vorwärts.

Die Kriegsmaschine nähert sich dem Haupttor. Takeshis Männer decken sie mit einem Hagel aus Brandpfeilen ein. Es dauert nicht lange, bis das Dach des Wagens an einer Stelle Feuer fängt. Doch ihr seid schon am Tor und setzt den schweren Rammbock mit dem eisernen Kopf in Bewegung. Er schwingt vor und zurück und kracht immer wieder gegen das Tor. Schon fliegen die ersten Splitter.
„Gleich ist es geschafft!“, jubelt Violetta.
„Vielleicht sind auch wir gleich geschafft!“, erwiderst du hustend. „Die Flammen greifen um sich!“
„Du meinst, wir sollen besser fliehen?“, fragt Violetta unsicher.

Wenn du in dem brennenden Wagen bleibst, lies weiter auf Seite **16**

Wenn du mit ihr fliehen willst, lies weiter auf Seite **111**

Du kippst den Trank, der dir vom Drachen in einem goldenen Kelch serviert wird, in einem Zug herunter.
Das geheimnisvolle Zeug schmeckt nach nichts und du bist irgendwie enttäuscht.
„Und jetzt bin ich wirklich unsterblich?“, fragst du den Drachen zweifelnd.
Das gewaltige Tier nickt und speit Feuer. Es hüllt dich ein, doch du spürst keine Hitze und keinen Schmerz.
„Cool!“, freust du dich. „Niemand kann mir etwas anhaben.“
„Das stimmt nicht ganz“, sagt der Drache. „Die Sonne kann dir etwas anhaben. Ihre Strahlen würden dich verbrennen. Du darfst dich nie wieder dem Sonnenlicht aussetzen.“

„Was?“
„Doch, so ist es. Das ist der Preis für die Unsterblichkeit“, antwortet der Drache. „Und ich habe jetzt immer einen Freund an meiner Seite. Wunderbar!“
Dein unendliches Leben soll also in der Dunkelheit stattfinden … das kann doch nicht wahr sein!

**Wenn du in der Höhle bleibst,
lies weiter auf Seite** 18

**Wenn du fliehst,
lies weiter auf Seite** 93

Während Ray mit den Waffen das Haus verlässt, alarmierst du die Polizei. Der Beamte, mit dem du telefonierst, nimmt dich dummerweise nicht besonders ernst.
„Wie bitte? Laserschwerter?“, lacht er. „Haha, sehr komisch!“
Mit Engelszungen belaberst du ihn und erreichst schließlich, dass er dir glaubt: „Wir schicken gleich einen Wagen vorbei“, verspricht er.
Gleich … das ist ein dehnbarer Begriff.
Wie dehnbar, das merkst du spätestens, als eine halbe Stunde vergangen und noch immer kein Streifenwagen aufgetaucht ist. Du rufst noch einmal bei der Polizei an und endlich – nach einer Dreiviertelstunde – kommen die Beamten.
Doch dieser Ray ist mitsamt den wertvollen Schwertern längst über alle Berge!

Ende

Ganz vorsichtig öffnest du die hintere Tür. Tatsächlich befindet sich dort ein niedriger und enger Gang.
Das ist ja irre!, denkst du dir, während du dich in völliger Dunkelheit vorwärtstastest.
Plötzlich greifen deine weit ausgestreckten Finger in etwas Klebriges. Spinnweben! Igitt!
Dann krabbelt etwas in den Kragen deines Hemdes. Irgendein kleines Vieh mit ganz vielen Beinen. Ekelhaft!
Doch du kannst ja schlecht umdrehen! Also weiter, immer weiter. Jetzt berühren deine Finger eine Wand. Verdammt, bist du etwa in eine Sackgasse geraten? Aber das ergibt doch keinen Sinn!
Du tastest die Wand ab und findest erneut einen Griff. Vorsichtig drückst du ihn herunter. Eine Tür lässt sich öffnen. Durch den Spalt, der sich nun langsam auftut, dringt ein grünliches Licht. Außerdem hörst du ein irres Kichern.
O Gott, wohin bist du hier nur geraten?

**Wenn du die Tür ganz aufmachst,
lies weiter auf Seite** **51**

**Wenn du nun doch lieber umdrehst,
lies weiter auf Seite** **72**

Zwei Tage vergehen. Am Morgen des dritten erklingen Trompeten. Alarm!
Ihr eilt mit dem Shogun auf die Zinnen.
Im Frühnebel rückt eine gewaltige Armee auf die Burg zu und umzingelt sie.
Muto reitet heran und brüllt: „Ergib dich, Takeshi! Sonst werden wir deine elende Burg niederbrennen!"
Als Antwort schießt Takeshi ihm einen Pfeil vor die Füße.
Da gibt Muto den Befehl zum Angriff. Seine Bogenschützen decken die Burg mit einem Hagel an Brandgeschossen ein.
Zwar können Takeshis Männer viele der Feinde mit Pfeilen niederstrecken. Doch sie können nicht verhindern, dass es bald vielerorts brennt! Die Löschtrupps kommen nicht mehr nach.
„Wir müssen sie stoppen", ruft Takeshi verzweifelt. „Das wird nur gelingen, wenn wir ihren Anführer ausschalten. Wenn Muto fällt, werden seine Samurai Angst bekommen."
Sein Blick fällt auf dich und Violetta. „Es gibt einen geheimen Fluchttunnel. Er führt in den Rücken der Feinde. Wollt ihr ihn benutzen, um Muto mit euren Wunderwaffen auszuschalten? Meinen Samurai wird es nicht gelingen. Schließlich hat Muto eine Leibwache. Diese Krieger werden genauso stark sein wie meine Männer. Aber ihr seid viel mächtiger!"

Wenn du dieses Himmelfahrtskommando mit Violetta wagst, lies weiter auf Seite 99

Wenn du nicht lebensmüde bist und ablehnst, lies weiter auf Seite 100

Ein kurzer Blick zu Violetta. Sie nickt – und ihr legt die Waffen vor euch auf den Boden. Die Samurai nehmen sie euch ab und bringen sie dem Shogun.
Kritisch beäugt er sie. Dann probiert er eines der Laserschwerter aus. Er ist absolut entzückt.
„Mit diesen Waffen wird mich niemand mehr aufhalten!", ruft er. Dann sagt er zu seinen Kriegern. „Werft die beiden in den Kerker."
„Aber wir haben euch die Schwerter gebracht!", rufst du empört. „Dafür wollen wir eine Gegenleistung und nicht in das Verlies!"
„Dummkopf!", lacht der Herrscher. „Du bist nicht in der Position, irgendwelche Forderungen zu stellen. Fort mit euch!"

Ende

„Machen Sie sich nicht lächerlich“, sagst du zu dem Mann. „Sie haben keine Chance, denn ich habe Laserschwerter.“

Der Mann wirkt überrascht und scheint dann Angst zu bekommen. Er wirft dir die Schwerter vor die Füße.

„So ist es brav“, sagst du milde und wendest dich ab.

Ein Fehler, denn der Mann schnappt sich eine schwere Vase und wirft sie dir von hinten an den Kopf. Du sackst zu Boden. Kurze Zeit später klicken die Handschellen. Du landest im Knast!

Ende

„Das ist mir nicht geheuer, lass uns mal lieber abhauen!", rufst du und ziehst Violetta mit dir.
Du läufst auf ein Wäldchen zu. Bestimmt könnt ihr euch dort verstecken!
Doch da gibt der Anführer der Reiter seinen Bogenschützen einen Befehl. Sekunden später schwirren Pfeile auf euch zu …

Ende

„Erstens: Ich bin kein Wurm", sagst du zu den Kriegern. „Zweitens: Lasst uns jetzt endlich zu eurem Shogun vor, sonst werden wir ihm sagen müssen, was ihr für Nieten seid. Schließlich sorgt ihr zwei Deppen dafür, dass ihm womöglich etwas entgeht."
„Der Wurm hat eine große Klappe", zischt der eine Krieger.
„Das sehe ich auch so", erwidert der andere. „Also sorgen wir dafür, dass der Wurm die Klappe hält."
Und ehe du dichs versiehst, haben sie ihre Schwerter gezückt. Das Letzte, was du siehst, sind zwei messerscharf geschliffene Klingen, die auf dich zusausen.

Ende

90

Dir gelingt die Flucht und du klingelst bei deiner neuen Nachbarin Violetta. Zusammen mit ihr alarmierst du die Polizei. Leider dauert es eine geschlagene Viertelstunde, bis die Polizisten da sind.
Als sie dein Haus durchsuchen, ist Watanabe junior bereits weg. Und nicht nur er ist weg – auch die Schwerter sind es! Sofort wird nach dem Dieb gefahndet. Zwei Tage später wird er an der Grenze geschnappt.
Doch die Schwerter hat er nicht mehr. Angeblich hat er sie verkauft.
Die einzigartigen Waffen bleiben für immer in dunklen Kanälen verschwunden. Sehr schade!

Ende

Gemeinsam öffnet ihr die Truhe, und deine Augen werden groß: Darin liegen zwei wunderschöne Laserschwerter, die aussehen wie Samuraischwerter!
Das ist doch wohl einfach irre!
Du schaust zu Violetta und bemerkst, dass in ihren Augen die pure Gier leuchtet.
Aber auch du spürst, dass dich die Laserschwerter magisch anziehen. Du willst sie besitzen – oder wenigstens eines der beiden.
Du streckst die Hand aus und berührst den kunstvoll verzierten Griff des einen Schwertes. Sofort spürst du eine Veränderung in dir. Es ist, als lodere ein Feuer in deinem Körper. Diese Schwerter sind offenbar wirklich magisch!
Aber wäre es nicht besser, die Finger von den Dingern zu lassen? Denn wer weiß, welchen Einfluss die Schwerter auf euch haben …

Wenn du die Truhe wieder zumachst, lies weiter auf Seite **15**

Wenn du das Laserschwert in die Hand nimmst, lies weiter auf Seite **112**

Nein, das Risiko ist dir zu groß. Du verlässt den Drachen, stapfst aus der Höhle.

Dein Blick schweift über die wunderschöne Bergwelt. Was ist nur aus dir geworden? Ein einsamer Krieger mit einer sagenhaften Waffe, um die dich jeder beneidet.

Dir wird klar, dass man dich wegen dieser Waffe jagen wird. Man wird sie dir garantiert abnehmen wollen. Klar, sie macht dich stark. Aber sie macht dich nicht unbesiegbar.

Irgendwann wird jemand kommen, der dich dieses Laserschwerts wegen töten wird. Vielleicht nachts, wenn du schläfst. Wäre es nicht besser, wenn du die Waffe in einen Fluss wirfst oder sie irgendwo vergräbst?

**Wenn du die Waffe behältst,
lies weiter auf Seite** **35**

**Wenn du das Laserschwert vernichtest,
lies weiter auf Seite** **41**

Nein, nein, nein! Du bist doch keine Kellerassel oder irgendein Wurm, der gern im Dunklen haust!
Du packst dein Laserschwert und läufst los.
„Versuch nicht, mich aufzuhalten!“, rätst du dem Drachen. „Sonst werde ich dich mit dem Laserschwert töten.“
Der Drache lacht nur. „Du wirst es sein, der getötet wird – und zwar vom ersten Sonnenstrahl!“
Jetzt musst du lachen. Denn du hast einen Plan, um genau das zu verhindern. Mit deiner Superwaffe schlägst du ein Loch in den Fels. Dann trittst du ins Freie und atmest die kühle Nachtluft ein. Du schätzt, dass du noch ein paar Stunden Zeit hast, bis die Sonne aufgeht und dir gefährlich wird.
Du läufst zum nächsten Dorf und findest denjenigen, den du gesucht hast: einen Mann, der Rüstungen anfertigt.
„Mach mir einen Panzer aus Leder, der meinen ganzen Körper schützt“, verlangst du.
„So etwas ist sehr teuer. Hast du Geld?“, fragt der Mann.
„Nein“, gibst du zu.
„Dann gibt mir dein Schwert als Bezahlung.“

**Wenn du dem Mann das Schwert gibst,
lies weiter auf Seite** 33

**Wenn du den Mann mit vorgehaltener Waffe
zum Arbeiten zwingen willst,
lies weiter auf Seite** 108

Du ziehst das Laserschwert. Die Augen der Wächter werden groß. „Was ist das?“, fragen sie verdattert.

„Eine Waffe, die jeden, der sie führt, unbesiegbar macht“, entgegnest du kühn. „Wollt ihr eine Kostprobe?“

Du wartest erst gar nicht ihre Antwort ab, sondern schlägst ihre Lanzen kurz und klein. Das dauert nicht länger als eine Sekunde.

„Also, lasst ihr uns nun zu eurem Herrn vor?“, fragst du dann.

Die beiden nicken nur.

Kurz darauf verneigt ihr euch vor dem Herrscher Takeshi. Der Shogun, ein Mann Mitte sechzig, trägt einen himmelblauen Kimono mit weit ausgeschnittenen Ärmeln und aufgestickten hellgrünen Malvenblättern und darüber eine Weste mit dicken Polstern, die seine Schultern sehr breit aussehen lassen. Sein Gesicht ist bleich, die Augen unter den halb geschlossenen Lidern wirken wässrig. Er sitzt auf einem Thron aus Elfenbein inmitten eines prächtigen Saals, dessen Wände mit golddurchwirkten Seidentapeten geschmückt sind.

Takeshi kommt gleich zur Sache. „Unbesiegbar wollt ihr sein? Lächerlich“, sagt er mit müder rauer Stimme. Er klatscht einmal kurz in die Hände und ein Trupp bis an die Zähne bewaffneter Samurai stürmt herein.

„Nehmt ihnen diese Schwerter ab!“, befiehlt der Herrscher.

Wenn du dich zum Kampf stellst,
lies weiter auf Seite **55**

Wenn du dich ergibst,
lies weiter auf Seite **86**

96

Du schaust dich um und siehst die Esse mit dem kaminähnlichen Abzug, aber auch die vielen Werkzeuge und die herrlichen Samuraischwerter.
Damit könntest du dich natürlich gut gegen diesen Mistkerl verteidigen, oder?
Doch da überkommen dich Zweifel. Schließlich hat Watanabe eine Schusswaffe, und du weißt doch gar nicht, wie man mit so einem Samuraischwert umgeht!

Wenn du dich im Kamin verstecken willst,
lies weiter auf Seite 79

Wenn du zu einem der Schwerter greifst,
lies weiter auf Seite 98

Man muss keine Superwaffe besitzen, um im japanischen Mittelalter zu überleben. Es reichen Tatkraft, Mut und Fleiß.
Mit Violetta arbeitest du zunächst ein paar Monate lang als Tagelöhner. Ihr spart das meiste von dem Geld, das ihr verdient, und gründet einen Gewürzhandel.
Da ihr euch äußerst geschickt anstellt, werdet ihr bald zu reichen und angesehenen Kaufleuten.
Wer redet da noch von Laserschwertern?

Ende

Du wählst natürlich die wundervollen Laserschwerter und presst dich neben der Tür dicht an die Wand.
Es vergehen keine zwei Minuten, bis Watanabe junior in den Raum stürmt.
„Waffe weg!", schreist du ihn an und bedrohst ihn mit den beiden Schwertern.
Ein böses Lächeln huscht über das Gesicht des Einbrechers. Dann hebt er wie in Zeitlupe die Schusswaffe, um sie auf dich zu richten.
Doch du bist schneller. Die Schwerter zischen durch die Luft und zerlegen die Pistole in drei Teile, die zu Boden klirren.
Verdutzt starrt Watanabe junior auf die Trümmer zu seinen Füßen.
„Hände hoch!", verlangst du. „Und dann schön langsam umdrehen."
Schlotternd vor Angst gehorcht der Einbrecher. Dann sperrst du ihn in der Werkstatt ein und alarmierst die Polizei, die den Kerl hinter Schloss und Riegel bringt.

Ende

Der Gang ist eng und so niedrig, dass ihr gebückt laufen müsst. Ihr habt eine rußende Fackel dabei. In deren Licht siehst du immer wieder Ratten und schier endlos lange Würmer.

Schließlich gelangt ihr zum Ende des Tunnels. Vorsichtig späht ihr hinaus. Ihr befindet euch in einem Wäldchen und hört Schlachtenlärm. Ihr lauft darauf zu. Schon taucht ein prächtiges Zelt auf.

„Das gehört bestimmt dem Shogun", wispert Violetta und zieht das Laserschwert.

Du nickst nur und zückst ebenfalls die wunderbare Waffe.

Dann schleicht ihr näher.

Aus einiger Entfernung seht ihr, dass ein prächtig gekleideter Mann vor dem Zelt steht und einigen Samurai, bei denen es sich vermutlich um hochrangige Offiziere handelt, Anweisungen erteilt.

„Das wird Muto sein", murmelst du.

Als die Offiziere weg sind, bleibt der Shogun mit zwei Leibwächtern zurück.

Wenn du Muto jetzt ausschalten willst, lies weiter auf Seite **21**

Wenn du ihn nur als Geisel nimmst, lies weiter auf Seite **114**

„Ihr elenden Feiglinge!", ruft Takeshi empört. Und ehe ihr eure Laserschwerter ziehen könnt, werdet ihr von den Samurai des Shogun überwältigt. Dieses eine Mal seid ihr einfach zu langsam!

Man entwaffnet euch und wirft euch ins Verlies. Dort hört ihr Schlachtenlärm.

Nach einigen Stunden herrscht plötzlich Stille.

„Ist es vorbei?", fragt Violetta im Flüsterton.

Du zuckst nur mit den Schultern.

Kurze Zeit später wird die Tür geöffnet und mehrere Krieger poltern herein.

Ihr macht euch schon auf das Schlimmste gefasst, doch dann erlebt ihr eine faustdicke Überraschung.

„Da ihr im Verlies steckt, werdet ihr Feinde von Takashi sein", sagt man zu euch. „Und dessen Feinde sind unsere Freunde. Ihr seid frei."

Ihr könnt euer Glück kaum fassen. Zwar habt ihr die Laserschwerter nicht mehr, aber ihr lebt. Und das ist das Wichtigste! Bis ans Ende eurer Tage schlagt ihr euch als Reisbauern durch. Ihr seid nicht reich, aber ungebunden und zufrieden.

Ende

„Ein anderer Shogun namens Muto bedroht mein Reich“, erklärt Takeshi. „Meine Späher haben mir berichtet, dass er mit einer gewaltigen Streitmacht anmarschiert. Wir rechnen jeden Tag mit dem Angriff, und ich fürchte, wir sind in der Unterzahl … Ich kann euch also wirklich gut gebrauchen.“
Du schluckst. „Wir sollen in die Schlacht ziehen?“
„Ihr sollt helfen, meine Burg zu verteidigen, wenn Muto angreift“, präzisiert der Shogun. „Ich werde euch fürstlich entlohnen.“
„Nun gut“, sagt ihr.
„Aber esst erst einmal etwas und ruht euch dann aus“, bietet Takeshi an. „Meine Diener zeigen euch eure Kammern.“
Gute Idee, findet ihr. Schließlich seid ihr erschöpft von dem langen Weg.
Als ihr nach einem üppigen Mahl eure Kammern erreicht, sagen die Diener: „Legt bitte eure Waffen vor der Tür ab. Das ist bei uns so Brauch.“

**Wenn ihr eure Waffen ablegt,
lies weiter auf Seite** 59

**Wenn du darauf bestehst, die Laserschwerter
mit in eure Kammern zu nehmen,
lies weiter auf Seite** 84

Dann überleg mal schön! Die höchst bissigen Biester reißen dir inzwischen schon mal die Scheibenwischer von der Karre ...

Kurz darauf rasen zehn Streifenwagen heran und umstellen dich.

Nachdem die lieben Hündchen vom Besitzer an die Leine gelegt wurden, springst du aus dem Polizeiwagen. Du fühlst dich dank der Laserschwerter unbesiegbar. Stark und böse.

Doch diese Schwerter sind Nahkampfwaffen ... die Polizisten haben Pistolen, mit denen sie auch aus Distanz eine Menge Schaden anrichten können. Sie geben Warnschüsse ab und du musst erkennen, dass du auf verlorenem Posten stehst.

Du lässt die Laserschwerter fallen, und jetzt spürst du, wie die böse Macht dich verlässt – du wirst wieder ganz der Alte.

O Gott, was hast du angerichtet, was ist nur in dich gefahren?

Widerstandslos lässt du dich festnehmen. Dich erwartet eine sehr hohe Jugendstrafe ...

Ende

Du bist kein Narr – im Team seid ihr stärker. Das glaubst du jedenfalls.
Du zeigst Violetta die Karte. Auch sie ist sich sicher, dass es sich nur um eine Schatzkarte handeln kann. Der Schatz, oder was immer es ist, scheint in einer Höhle verborgen zu sein.
Also macht ihr euch gemeinsam auf den beschwerlichen Weg. Zweimal werdet ihr von Räubern überfallen, doch ihr könnt die fiesen Kerle mit euren Laserschwertern vertreiben.
Du bist heilfroh, dass Violetta an deiner Seite ist. Wer weiß, ob du dich auch allein hättest wehren können …

Nach drei Tagen erreicht ihr die Höhle.
„Ich bin gespannt, was uns da drin erwartet“, sagst du.
„Uns? Wieso uns?“, fragt Violetta mit einem bösen Grinsen. Sie hat das Schwert gezückt und greift dich an.
Erst jetzt (und viel zu spät) wird dir klar, dass du ihr niemals hättest vertrauen dürfen. Denn Violetta will den Schatz nicht mit dir teilen.
Aber diese Erkenntnis kommt zu spät … Ihre Klinge saust auf dich zu.

Ende

Nein, dafür ist jetzt keine Zeit. Du hast jetzt Wichtigeres zu tun.

Wenig später erreicht ihr die Burg, die von einem tiefen Graben umgeben ist. Eine Zugbrücke führt über den Graben zu einer dicken und mehrere Meter hohen Mauer mit vielen Wachtürmen. Dahinter siehst du mehrstöckige Wohngebäude, die elegant geschwungene Dächer und mit Schnitzereien verzierten Giebel haben. Die Dachschindeln erstrahlen teils in einem kräftigen Rot, teils in einem Sonnengelb. Fahnen wehen.

Jetzt steht ihr vor einem eisenbeschlagenen Tor. Zwei Samurai-Krieger richten ihre Lanzen auf euch.

„Was wollt ihr Würmer?“, fragen sie euch.

„Wir wollen zum Herrn dieser Burg“, sagst du. „Vielleicht kann er uns helfen, heimzukehren.“

„Warum sollte er das tun?“

Du überlegst einen Moment. Dann sagst du: „Lasst uns zu ihm. Wir haben etwas, das ihn interessieren dürfte.“

„Wurm, rede nicht so geschwollen“, schnauzt dich der eine Wächter an. „Was kann ein Wurm schon besitzen, was einen Shogun wie Takeshi interessiert?“

Du schaust zu Violetta. Sollt ihr den Wächtern die Laserschwerter zeigen? Oder werden sie euch die einmaligen Waffen einfach abnehmen und euch fortjagen?

Wenn ihr die Laserschwerter verborgen haltet,
lies weiter auf Seite **89**

Wenn ihr die Waffen zeigt,
lies weiter auf Seite **94**

106 Du reißt das Fenster auf. Dahinter befindet sich ein schmaler Lichtschacht. Du zwängst dich hinein.
Oje, ist das eng!
Prompt bleibst du dort hängen.
Watanabe hat nun leichtes Spiel … Er reißt sich die Schwerter unter den Nagel und verschwindet auf Nimmerwiedersehen.
Dich lässt er einfach in dem Schacht stecken.
Nach einer höchst ungemütlichen Nacht finden dich deine Eltern und können dich befreien!

Ende

Immer wieder steigst du in den Keller hinab und ergötzt dich an deinem Schatz. Dieser Raum wird für dich zu einer Art Museum.
Du widerstehst dem dringenden Bedürfnis, die Waffen einzusetzen, du lässt nicht zu, dass die Laserschwerter die Macht über dich übernehmen.
Das funktioniert bestens, weil du die Schwerter nie berührst, sondern nur betrachtest.
Und solange die Waffen hier unten im Keller des Hauses bleiben, können sie auch keinen Schaden anrichten …

Ende

108

„Ich werde dich überhaupt nicht bezahlen. Du solltest froh sein, dass du für mich arbeiten darfst, du Wicht", rufst du hochmütig und bedrohst den Mann mit deinem Laserschwert. Sofort macht er sich an die Arbeit.

Du setzt dich hin und schaust ihm zu, wie er Handschuhe, Wams, Harnisch, Beinkleider, Stiefel und schließlich auch einen Helm fertigt.

Das dauert Stunden. Stunden, in denen du verdammt durstig wirst und dich über die Reisweinvorräte des Mannes hermachst.

Keine gute Idee, weil der Wein dich müde macht. Und als du einschläfst, sieht der Mann seine Chance gekommen.

Er fesselt dich und nimmt dir deine Superwaffe ab. Noch vor dem Morgengrauen schleift er dich zur Burg des Shogun und klagt dich an. Man wirft dich ins Gefängnis – und dort bleibst du, Jahr um Jahr im finsteren Verlies …

Ende

Leise schließt du die Tür des leeren Schranks hinter dir. Völlige Dunkelheit umgibt dich jetzt. Du schiebst dich an die Rückwand, lehnst dich dagegen und wartest.
Nach einigen Minuten kommt jemand herein. Du hast keine Zweifel, dass es sich um Violetta handelt.
Dein Puls beginnt zu galoppieren. Hoffentlich findet sie dich hier nicht!
Du drückst dich noch dichter an die Rückwand des Schranks. Plötzlich spüren deine Hände einen Griff und ein Scharnier. Gibt es hier drin etwa noch eine Tür? Aber hinter dem Schrank ist doch die Kellerwand ... Oder etwa nicht? Befindet sich dort ein Geheimgang oder so etwas?

Wenn du die Tür lieber nicht aufmachst, weil sie quietschen und dich verraten könnte, lies weiter auf Seite **54**

Wenn du die rückwärtige Tür öffnest, lies weiter auf Seite **83**

110

Herrlich, heute kannst du mal so richtig ausschlafen! Keine nervigen Eltern, die dich bereits vor zehn Uhr – also zu nachtschlafender Zeit – zum Brötchenholen rausjagen.
In aller Ruhe frühstückst du. Dann schaust du nach deinem Schatz im Keller, nach den Laserschwertern.
Doch der Schock ist groß: Die Truhe ist leer, jemand hat die wunderschönen Waffen gestohlen!
Jetzt wird dir schmerzhaft bewusst, dass die Geräusche, die du vergangene Nacht gehört hast, von einem Einbrecher gestammt haben müssen. Bestimmt war das dieser Watanabe junior! Warum nur hast du nicht nachgesehen oder wenigstens die Polizei gerufen?
Wie dumm von dir! Aber diese Einsicht kommt zu spät. Die Laserschwerter bleiben für immer verschwunden.

Ende

Als hinter euch ein Balken brennend zu Boden stürzt, verlierst du die Nerven. Du rennst los und ziehst Violetta mit dir – nur raus aus der Feuerfalle!
Ihr schafft es bis zu eurem Heer, obwohl Dutzende von Pfeilen hinter euch herfliegen.
Muto ist außer sich: „Ihr Verräter! Ihr Angsthasen! Wenn die Schlacht geschlagen ist, lasse ich euch in Ketten legen!"
In Ketten? Auweia!
Zum Glück behält euch während des Kampfes niemand im Auge – und so gelingt dir mit Violetta die Flucht, während die beiden Heere miteinander ringen!

Lies weiter auf Seite 97

Schon liegt das herrliche Laserschwert in deinen Händen. Zum Spaß schlägst du damit auf die Werkbank und traust deinen Augen nicht: Die elegante Waffe durchschneidet den massiven Holztisch wie ein warmes Messer die Butter. Unglaublich! Du beginnst zu erahnen, wie mächtig dieses Schwert ist.
„Na, komm schon!", hörst du Violetta rufen. Du schaust zu ihr. Sie schwingt mit beiden Händen das andere Schwert.
Du lachst. „Das kannst du haben!"
Ihr kreuzt die Laserklingen – und da passiert es: Alles um euch herum ist plötzlich in gleißendes Licht getaucht, ihr werdet umeinandergewirbelt und stürzt in unendliche schwarze Tiefen aus Zeit und Raum.

Als ihr wieder zu euch kommt, findet ihr euch auf einer Wiese wieder. Nirgendwo ist jemand zu sehen. Verblüfft stellt ihr fest, dass ihr jeder einen bis zu den Knien reichenden Kimono, der mit einem breiten Obi gegürtet ist, und darunter eine schlichte graue Hose und offene Ledersandalen tragt.
„Wir … wir sind im mittelalterlichen Japan", stammelst du.
„Oder in einer Filmkulisse", erwidert Violetta. „Immerhin haben wir unsere Schwerter noch! Da vorn auf dem Berg ist eine Burg. Dort sind bestimmt Leute, die uns helfen können."
Plötzlich tauchen mehrere Reiter auf. Sie sind mit Schwertern sowie mit Pfeil und Bogen bewaffnet und halten auf euch zu.

Wenn du dich den Reitern entgegenstellst, lies weiter auf Seite 22

Wenn du fliehst, lies weiter auf Seite 88

Rasch legst du das Schwert zurück in die Truhe und schließt den Deckel. Schwer atmend lehnst du an der kühlen Kellerwand. Du schließt die Augen, verdrängst die bösen Gedanken.
Nein, du willst diese Waffen nicht, du willst nicht zum Verbrecher werden. Kein Reichtum dieser Welt ist das wert!
Was aber, wenn die Laserschwerter in falsche Hände geraten?
Das darf nicht geschehen, beschließt du.

In einer der nächsten Nächte öffnest du die Truhe ein letztes Mal, hüllst die Laserschwerter in Decken und schleichst aus dem Haus.
Du läufst zu einem nahen Fluss und versenkst die Waffen darin.
Jetzt werden sie nie wieder Schaden anrichten können …

Ende

Leise, ganz leise schleichst du dich von hinten an Muto heran und hältst ihm das Laserschwert an den Hals. Der Shogun hat keine Gelegenheit, sich zu verteidigen. Angesichts der bedrohlichen Lage befiehlt er seinen Leibwächtern, die Waffen stecken zu lassen.

„Was wollt ihr?", zischt er, während sich Schweißperlen auf seiner Stirn bilden.

„Wenn dir dein Leben lieb ist, wirst du deine Männer abziehen lassen. Keine weiteren Angriffe auf Takeshis Burg!"

Muto verspricht das.

„Und damit wir dafür eine Garantie haben, werden wir dich mit auf Takeshis Burg nehmen", kündigst du an.

Muto protestiert, aber welche Wahl hat er denn? Notgedrungen muss er zustimmen.

Seine Truppen ziehen ab und ihr kehrt mit Muto in Takeshis Festung zurück. Man feiert euch als Helden.

„Gäbe es doch nur mehr so tapfere und kluge Krieger", lobt euch Takeshi.

Muto darf sich in der Burg frei bewegen, sie aber nie mehr verlassen. Und ihr? Für den Rest eures Lebens bleibt ihr ebenfalls auf der Burg – als gefürchtete und verehrte Krieger mit den Superwaffen!

Ende

Coole Idee! Du lässt den Motor an und kriegst irgendwie den Rückwärtsgang rein.
Bäng – schon donnerst du rückwärts durch das Tor, während die Gangster auf dich schießen!
Du ziehst den Kopf ein, aber jetzt siehst du leider rein gar nichts mehr!
Dong – du hast den nagelneuen Porsche eines Gangsters gerammt.
Klong – das war ein Motorrad, das du zur Seite gefegt hast.
Der Kugelhagel lässt nach, du nimmst den Kopf wieder hoch und schaust in den Rückspiegel.
Nein!!! Da ist ja der Fluss! Verdammte Hacke, du latschst auf die Bremse und kurbelst am Lenkrad – zu spät. Die Karre nagelt ins Wasser.
In letzter Sekunde kannst du dich aus dem Pick-up befreien und an Land schwimmen.
Du hast es geschafft, die Gangster abzuhängen, aber die Schwerter sind leider verloren …

Ende

Sie legt den Kopf in den Nacken und lacht. „Sehe ich so aus, als wäre ich total bescheuert?"
„Vielen Dank, du bist echt eine große Hilfe", knirschst du und nimmst die Kiste wieder hoch.
Verdammt, du hast dir definitiv die schwerste ausgesucht. Du lässt diese Violetta einfach stehen und stapfst mit deiner Last auf den alten Kasten zu, in dem du nun leben sollst. Deine Mutter dirigiert mit hektisch rudernden Armbewegungen die anderen Möbelpacker, dein Vater steht auf einer Leiter und schraubt gerade einen Strahler an die Decke der Küche.
„He, warte!", ruft Violetta dir nach.
Du ignorierst sie, doch plötzlich ist Violetta neben dir. „Komm, ich pack mit an."
„Ach, jetzt doch?", fragst du. „Wieso denn das?"
Sie sieht dich mit ihren unendlich dunklen Augen an. Du hast das Gefühl, in zwei tiefe Brunnen zu schauen.
Sie zeigt auf euer Haus, diesen düsteren Kasten mit den zu kleinen Fenstern. „Ich kann dich doch da drin nicht allein lassen."
„Wie meinst du das?"
Sie lächelt andeutungsweise mit ihren blutleer wirkenden Lippen. „Es weiß doch jeder, dass auf dem Haus ein Fluch liegt. Da haben sich schon eine Menge seltsamer Dinge zugetragen."
„Wie bitte?", fragst du. „Du spinnst!"
„Tu ich nicht", beharrt sie. „Was ist jetzt: Soll ich dir helfen oder nicht?"

Lies weiter auf Seite 9

Leseprobe aus dem Ravensburger Taschenbuch 52572 „Konsole der 1000 Gefahren“ von Fabian Lenk

Endlich hast du die Hausaufgaben erledigt! Jetzt gibt es nur noch eins: Ran an die Konsole, das neue Fußballspiel wartet auf dich. Flanken, köpfen, Tor schießen. Grätschen, foulen, Karten sammeln. Das ist genau dein Ding!

„Alex?" Das ist die Stimme deiner Mutter, die durch den Flur in dein Zimmer schallt.

„Ja", rufst du zurück und seufzt.

„Bringst du bitte den Müll raus?"

Grrrr! Du willst an der Konsole spielen und nicht eine stinkende Tüte durchs Haus schleppen. Schon gar nicht jetzt!

„Kann das nicht Kati machen?", erwiderst du und hoffst, dass deine Schwester den Zuschlag bekommt.

Irrtum. Deine liebe Mama hat dich auserkoren für den tollen Job.

„Alexander, ich mag solche Diskussionen nicht!", sagt sie.

Immer, wenn deine Mutter Alexander statt Alex sagt, weißt du, dass sie es ernst meint. Sehr ernst.

Wieder seufzt du. Ergeben legst du das Gamepad beiseite und trottest in die Küche.

„Lieb von dir", flötet deine Mutter.

Wortlos schnappst du dir den Müllbeutel und bringst ihn raus zur großen schwarzen Tonne hinter der Garage.

Lies weiter auf Seite 116

Mit größter Überwindung löffelst du die grünliche Brühe, in der einige knorpelige Bröckchen schwimmen, in dich hinein. Sie schmeckt, wie sie aussieht: furchtbar.
Aber während du tapfer isst, klettert deine Lebensenergieanzeige in den grünen Bereich. Du fühlst dich plötzlich extrem stark und mächtig. Du bist bereit, es mit jedem aufzunehmen.
„Danke, gute Frau", sagst du und verlässt ihre Hütte.
Du schwingst dich auf dein Pferd und begibst dich auf eine abenteuerliche Reise durch die Welt des Konsolenspiels. Du gewinnst jeden Kampf und jedes Turnier.
Du scheinst unbesiegbar.
Und wenn du doch mal einen Treffer abbekommst und verletzt wirst, wenn die Energieleuchte langsam rot wird – dann weißt du ja, wo du hingehen musst, um wieder zu Kräften zu kommen …
Jedes Mal päppelt dich die alte Frau mit ihrem Geheimtrank auf und dank ihrer Hilfe wirst du zum Star in diesem Konsolenspiel!

Ende

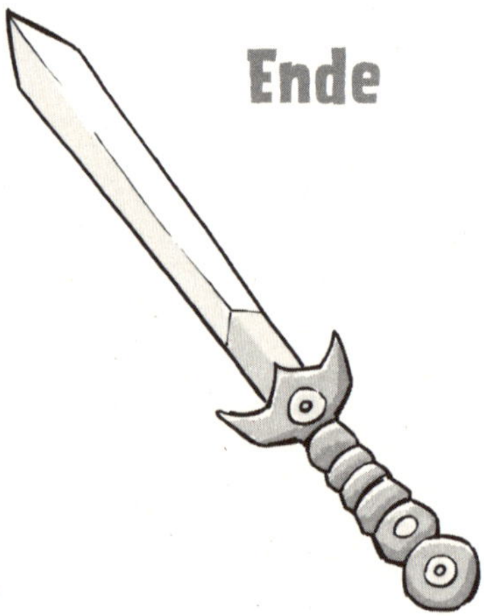

Du stutzt. Was ist das für ein komischer Text? Du liest ihn noch einmal:

Hi Alex. Wir wissen, dass du ein besonders guter Gamer bist. Du hast eine Menge Tricks drauf und bist extrem schnell. Außerdem hast du gute Nerven. Daher haben wir dich ausgesucht, um ein ganz besonderes Spiel auszuprobieren. Ein Spiel, das du nie vergessen wirst.

Dir läuft ein Schauder den Rücken hinunter. Woher kennen die deinen Namen? Wer ist der Absender der SMS?

Du scrollst ganz nach unten. Absender? Fehlanzeige.

Hm, komisch. Neugierig, wie du bist, liest du oben weiter:

Es wurden nur ganz wenige Gamer der Extraklasse ausgesucht. Niemand sonst weiß davon. Alles ist streng geheim. Wenn du mitspielen willst, komm heute Abend um 21 Uhr in die Schwarze Allee 177.

Du googelst diese Straße. Die Adresse liegt am Stadtrand.

**Wenn du hingehst,
lies weiter auf Seite** 80

**Wenn du nicht hingehst,
lies weiter auf Seite** 115

„Vielen Dank, aber irgendwie habe ich doch keinen Hunger", sagst du und wendest dich zum Gehen. Das Zeug rührst du niemals an, das ist garantiert das pure Gift!

„Wie bitte? Ich will mein karges Mahl mit dir teilen, und du lehnst ab – Frechheit!", keift die Alte.

Du hast schon den Türgriff in der Hand, als sich ein Messer neben dir ins Holz bohrt.

Du wirbelst herum und ziehst das Schwert. Die Frau springt auf dich zu und tritt dir die Waffe aus der Hand. Dann verpasst sie dir einen Satz warme Ohren. „Dir werde ich Manieren beibringen!", schreit sie, zieht dich an den Haaren und tritt dir in den Hintern, dass du quer durch den Raum fliegst. Hilfe!, denkst du, wieso ist diese kleine alte Frau so unglaublich stark?

Klar, es ist ein Konsolenspiel, das hat nichts mit der Wirklichkeit zu tun.

Zack, schon bekommst du noch eine Ohrfeige. Und einen weiteren Tritt in den Hintern, der dich aus der Hütte befördert.

Deine Lebensenergieanzeige flackert noch einmal auf, dann heißt es: Game over.

Darunter steht ein hämischer Zusatz:

Ausgeschaltet von einer 128-Jährigen!

Ende

Bestimmt wird sich alles klären lassen. Vielleicht gelingt es dir ja auch, den Händler zur Aufgabe und dann sogar zur Zusammenarbeit mit der Polizei zu überreden.
Nein, das gelingt dir nicht.
Denn als der Mann in eurem Haus ist, zieht er eine Pistole und verlangt die Herausgabe der CD.
Notgedrungen gehorchst du. Der Kerl schließt dich im Keller ein und entkommt.
Erst Stunden später kannst du dich befreien. Natürlich gehst du zur Polizei – aber die Fahndung verläuft ergebnislos.
Von dem Händler und der CD hörst du nie wieder etwas.

Ende

Spaßeshalber nimmst du hinter dem Steuer Platz und legst den Gurt an. Auch die anderen Jugendlichen tun das.
Aber was ist das? Plötzlich springt der Motor an – wie von Geisterhand. Gleichzeitig erscheint auf dem Bildschirm in der Mitte des Armaturenbretts das Gesicht eines jungen Mannes.
„Hi, ich bin Arthur", sagt er freundlich und deutet auf eine Konsole und ein Gamepad. „Ich steuere dich und das Auto."
„Wie bitte?", fragst du entsetzt.
„So ist es", meint Arthur. „Da gilt auch für die anderen Wagen. Sie werden ebenfalls von Leuten an ihren Konsolen gesteuert – online. Die Strecke wird komplett mit Kameras überwacht und alles auf die Bildschirme der Gamer übertragen. Cool, oder?"
„Nein!", rufst du.
„Doch!", lacht Arthur. „Du wirst als mein von mir gesteuerter Fahrer gegen die anderen antreten. Du lenkst zwar nicht den Wagen, aber kannst allerlei Waffen gegen die anderen einsetzen, um ihre Autos zu demolieren."
„Niemals!"
„Klar, so machen wir es!", ruft Arthur. „Und noch was: Ich will das Rennen gewinnen. Es geht um zehntausend Euro. Also enttäusch mich nicht! Ich gebe dir auch die Hälfte ab."

Wenn du zum Schein mitmachst,
um diesen Irren das Handwerk zu legen,
lies weiter auf Seite **27**

Wenn du versuchst,
aus dem Auto herauszukommen,
lies weiter auf Seite **95**

14

Du winkst, der Wagen hält. Am Steuer sitzt ein uralter Mann. Auch das noch …
Du sagst, worum es geht, und der Alte zeigt auf den Beifahrersitz. „Setz dich. Die Typen holen wir ein. Denen werden wir schon das Handwerk legen!“
„Wirklich? Mit diesem Auto?“
Der Alte grinst. „Aber hallo! Der Wagen hat über 400 PS.“
Wie bitte? Das kannst du kaum glauben – bis der Mann Gas gibt. Der Motor brüllt und faucht, das Auto schießt los. Nach zehn Sekunden zittert die Tachonadel bei 260 km/h. Wow!
Schon siehst du die Meute der Spielerautos. Ihr fliegt förmlich heran, der Alte rammt das erste Auto ganz leicht von hinten, sodass es von der Piste trudelt. Schüsse peitschen, doch dein Fahrer winkt ab: „Kein Ding, alles Panzerglas.“
Er kickt noch zwei andere Autos von der Bahn und ist jetzt an erster Stelle. Ein Knopfdruck, und vier Nagelbretter fallen auf die Straße. Die Reifen der anderen Autos knallen wie Sektkorken. Alle bleiben stehen. Da bremst auch der alte Mann, zieht einen Revolver, läuft zu den armen Jugendlichen hinter den Lenkrädern und befreit sie. Dann ruft er die Polizei.
Lächelnd dreht er sich zu dir um: „Tja, gelernt ist gelernt. Ich war früher auch Polizist und habe Raser auf der Autobahn gejagt!“

Ende